一番商務日文

初進篇

林麗娟 編著
高橋正己 審閱

全華圖書股份有限公司 印行

前言

本教材自出版以來，承蒙不少學校採用並給予寶貴的意見，故藉此再版適度調整內容，並請各位先進繼續不吝指教。

筆者認爲，要精通、活用一種語言，最理想的學習模式應該是由基礎發音開始打底，接著藉由語彙(句)的反覆背誦、語法的理解等一點一滴、長年累月不斷地學習。但是，並非人人都有這樣的時間及機會。

個人非常幸運的是擁有數年實際職場經驗，更在因緣際會下接觸並教導了應外科系及商學院的學生，課堂裡的互動使我了解，面對這群有特殊需求的學習者，需要以另一種角度去解釋並克服，這是促使我寫此書的最大動力及原因。

本書最大的特色就是針對僅有五十音基礎而又對專業的商用日文有學習需求的學習者所量身訂做。以最淺顯的代換練習與專業語彙做結合，並將習得的文型自然地融入實際的職場場面。此外，藉由「虛擬實境」讓學習者宛如置身於實際的職場當中，再加上簡易的商用書信及聽力練習等內容設計達到「聽、說、讀、寫」的效果。

身爲一位專業的日語教師，最大的心願就是希望學生快樂且輕鬆地學習，希望本書能鼓勵更多的學習者進入日語學習的喜悅世界。

林麗娟 謹識

人物

❑ 林淑美
» 会社：台湾貿易
» 肩書：輸出部　組長
» 年齢：25才

❑ 鈴木三郎
» 会社：東京商事
» 肩書：設計　部長
» 年齢：45才

❑ 王大同
» 会社：横浜商事
» 肩書：経理課　課長
» 年齢：40才

❑ 坪井美雪
» 会社：山田商事
» 肩書：庶務二課　アシスタント
» 年齢：28才

❑ 劉志強
» 会社：三重工業
» 肩書：課長
» 年齢：37才

❑ 酒井南
» 会社：山田機械
» 肩書：海外事業部　部長
» 年齢：50才

❑ 佐藤久美子
» 会社：山田機械
» 肩書：アシスタント
» 年齢：35才

❑ 陳全華
» 会社：三重工業
» 肩書：営業担当
» 年齢：35才

❑ 吉田小百合
» 会社：山田機械
» 肩書：デザイナー
» 年齢：30才

目次

平假名筆順表

	あ段	い段	う段	え段	お段
あ行	a あ	i い	u う	e え	o お
か行	ka か	ki き	ku く	ke け	ko こ
さ行	sa さ	shi し	su す	se せ	so そ
た行	ta た	chi ち	tsu つ	te て	to と
な行	na な	ni に	nu ぬ	ne ね	no の
は行	ha は	hi ひ	fu ふ	he へ	ho ほ
ま行	ma ま	mi み	mu む	me め	mo も
や行	ya や		yu ゆ		yo よ
ら行	ra ら	ri り	ru る	re れ	ro ろ
わ行	wa わ				o を
	n ん				

片假名筆順表

	ア段	イ段	ウ段	エ段	オ段
ア行	a ア	i イ	u ウ	e エ	o オ
カ行	ka カ	ki キ	ku ク	ke ケ	ko コ
サ行	sa サ	shi シ	su ス	se セ	so ソ
タ行	ta タ	chi チ	tsu ツ	te テ	to ト
ナ行	na ナ	ni ニ	nu ヌ	ne ネ	no ノ
ハ行	ha ハ	hi ヒ	fu フ	he ヘ	ho ホ
マ行	ma マ	mi ミ	mu ム	me メ	mo モ
ヤ行	ya ヤ		yu ユ		yo ヨ
ラ行	ra ラ	ri リ	ru ル	re レ	ro ロ
ワ行	wa ワ				o ヲ
	n ン				

1

しょうかい
紹介

本課是針對初學者在正式的場合或社交活動時，如何用日文作自我介紹。當你面對初次見面的日本人時，如果能用漂亮而鄭重的日語說「初(はじ)めまして、私(わ)は林(りん)と申(もう)します。どうぞよろしくお願(ねが)いします」（初次見面，敝姓林，請多多指教。）的話，不但能留給對方深刻的印象，還可增加許多樂趣喔！

文型

CD1-01

1. 自我介紹

私は輸出部の林です。(一般表現)

私は輸出部の林と申します。(謙遜表現)

2. 介紹別人

経理課長の王をご紹介します。(社内の人の場合)

東京商事の鈴木部長をご紹介します。(社外の人の場合)

3. 交換名片

これは私の名刺です。どうぞ。

会話一　初対面→交換名片

CD1-02

林　：初めまして、私は輸出部の林と申します。

　　　どうぞよろしくお願いします。

鈴木：こちらこそよろしく。

　　　あのう、これは私の名刺です。どうぞ。

林　：あ、どうもありがとう。

林　：初次見面，我是出口部門的林（敝姓林）。請多多指教。

鈴木：哪裡哪裡。嗯、這是我的名片，請指教。

林　：啊，謝謝。

語彙（一）

CD1-03

序號	日文假名	重音	日文漢字	中文意思
1	わたし	0	私	我
2	これ	0		這個
3	めいし	0	名刺	名片
4	ゆしゅつぶ	3	輸出部	出口部
5	～ともうします		～と申します	敝姓～
6	ごしょうかいします	7	ご紹介します	讓我來爲（您）介紹
7	どうぞ	1		請
8	よろしく（おねがいします）	4	（お願いします）	請多指教
9	とうきょうしょうじ	5	東京商事	公司名

置き換え練習

1. 私は輸出部の林です。

(1) 営業課／王

____

(2) 経理課／張

____

～は～の～です。

＊「は」：表主語。

＊「の」：意為「～的～」，通常連結兩個有從屬關係的名詞。

＊「です」：為斷定助動詞，意為是～。

例 私は人事部の王です。（我是人事部的王（先生／小姐）。）

2. 私は販促部の陳と申します。

(1) 企画部／楊

____

(2) 人事部／鄭

____

～は～の～と申します。

＊「は」：表主語。

＊「の」：意為「～的～」，通常連結兩個有從屬關係的名詞。

＊「と」：表引用。而其前面為所引用的內容。

＊「申します」：為「言います」（說、稱作～、叫作～）的謙讓表現。因此，前面通常會和引用表現的「と」一起使用。

例 私は人事部の王と申します。（敝姓王，是人事部的。）

3. これは私（わたし）の名刺（めいし）です。

(1) それ／鈴木（すずき）さんのメッセージ

____

(2) あれ／B工場（こうじょう）のサンプル

____

(3) これ／私（わたし）のメールアドレス

____

(4) それ／豊田（とよた）さんの見積書（みつもりしょ）

____

これ／それ／あれは～です。

＊ これ／それ／あれ：事物指示代名詞。

＊ これ ：靠近自己面前的事物。

＊ それ ：靠近對方面前的事物。

＊ あれ ：對大家及雙方而言均為遠方之事物。

これはうちの製品(せいひん)です。

（這是敝社的產品。）

それは鈴木(すずき)さんのチケットです。

（那是鈴木先生的機票。）

あれはA工場(こうじょう)のサンプルです。

（那是A工場的樣品。）

4. こちらはAMCの鈴木(すずき)さんです。

(1) 東京(とうきょう)機械(きかい)の山田(やまだ)部長(ぶちょう)

____

(2) 富士(ふじ)テレビの木村(きむら)さん

____

(3) 台北貿易(タイペーぼうえき)の王課長(おうかちょう)

____

(4) 中島商事(なかじましょうじ)の佐藤会長(さとうかいちょう)

____

こちらは～の～さんです。

＊「こちら」：本為方向指示代名詞，但是亦可表示人稱代名詞，表「這位」之意。

＊「は」：表主語。

＊「の」：意為「～的～」，通常連結兩個有從屬關係的名詞。

＊「さん」：為接尾語。接在人名後表示尊敬。

例 こちらはIB銀行(ぎんこう)の山下(やました)さんです。（這位是IB銀行的山下先生。）

5. 経理課の王をご紹介します。

(1) 工場長の胡

____

(2) 会計課長の李

____

(3) 東京商事の鈴木部長

____

(4) 京都物産の豊田課長

____

~をご紹介します。

＊「を」：為動作作用的對象。

＊「ご」：為接頭語，放在各詞類的前面表禮貌之意。
而與「紹介します」連結在一起的「ご紹介します」則有「讓我來為您介紹」之意。

例 京都物産の本田社長をご紹介します。
（讓我來為您介紹京都物產公司的本田社長。）

語彙（二）

序號	日文假名	重音	日文漢字／外來語語源	中文意思
1	それ	0		那個（較近的）
2	あれ	0		那個（較遠的）
3	みつもりしょ	0/4/5	見積書	估價單
4	メッセージ	1	message	留言
5	サンプル	1	sample	樣品
6	メールアドレス	4	mail address	電子郵件信箱地址（e-mail地址）
7	こうじょうちょう	3	工場長	廠長
8	かちょう	0	課長	課長
9	ぶちょう	0/1	部長	經理
10	かいけい	0	会計	會計、出納
11	けいりぶ	3	経理部	會計部門
12	はんそくぶ	4	販促部	行銷部
13	えいぎょうぶ	3	営業部	業務部
14	きかくぶ	3	企画部	企劃部
15	じんじぶ	3	人事部	人事部
16	きょうとぶっさん	4	京都物産	公司名

会話二　他人の紹介

CD1-05

林　：皆さん、ご紹介します。

こちらは鈴木さんです。

鈴木さんは東京商事の営業部長です。

鈴木：こんにちは。鈴木と申します。

今日からお世話になります。

どうぞよろしくお願いします。

皆　：（拍手の音）

林　：各位同仁，讓我來為各位介紹一下。

這位是鈴木先生。

鈴木先生是東京商事公司的營業部長。

鈴木：各位好。敝姓鈴木。

今後要承蒙各位多照顧了。

請多多指教。

大家：（拍手聲）

知っておくと便利です

日本企業組織圖

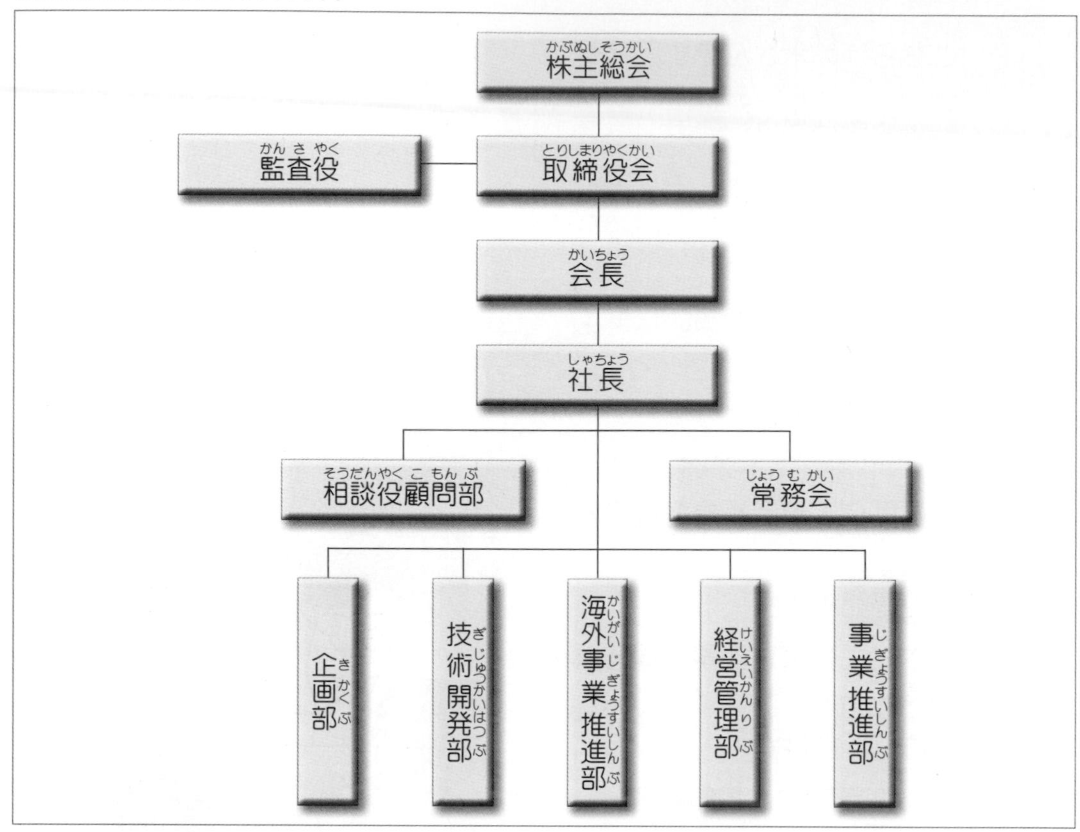

日本企業役職名

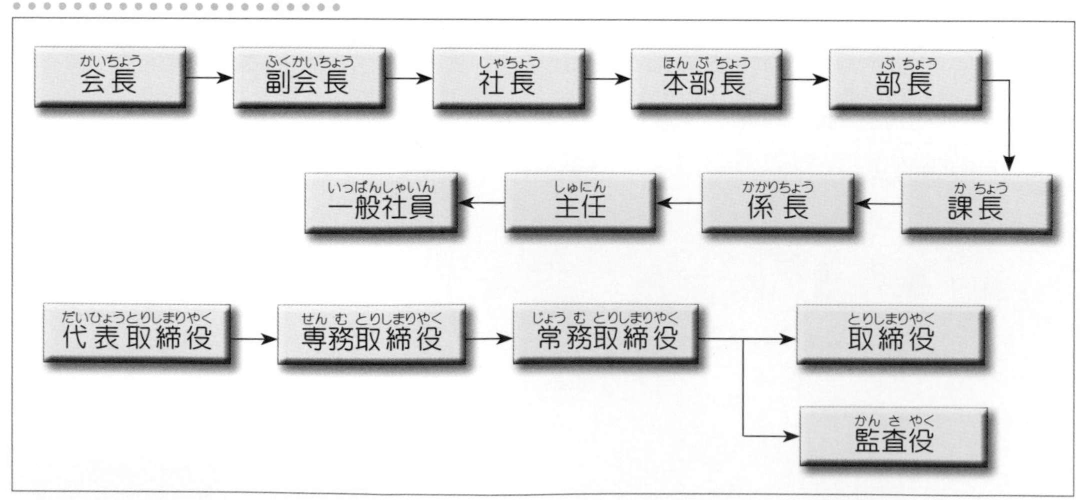

CD1-06

Step 1 教師先說明會話用例。

Step 2 三位同學一組。一人扮演介紹人，兩人扮演被介紹人。

Step 3 從下面的名片中選出自己欲扮演的角色職位後做實際演練。

Step 4 演練完後，教師請一至二組同學上台表演。

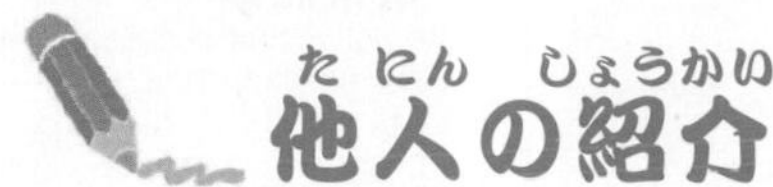

紹介人：鈴木部長、

うちの(*)経理部の課長をご紹介します。

王課長、

こちらは東京商事の鈴木部長です。

王　：初めまして、経理部の王と申します。

どうぞよろしくお願いします。

鈴木　：鈴木です。これは私の名刺です。

どうぞよろしくお願いします。

補充說明

★ うちの～：此處的「うち」表自己所屬的組織，為「うちの会社」之意。用法上較「わたしの会社」要來的謙虛。

❍ 各種名片様式

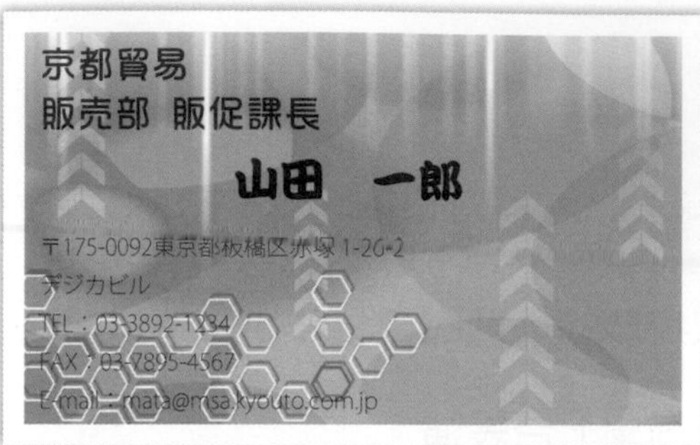

ご存知（ぞんじ）ですか。（您知道嗎？）

介紹時的先後順序

先介紹自己公司的人，再介紹別家公司的人。

先介紹部下（或較資淺者），再介紹上司（或較資深者）。

此時要注意的是，介紹自家人時名字後面不要加さん。

就算是自己的上司也是一樣的。

» 例：こちらはうちの営業部長（えいぎょうぶちょう）の楊（よう）です。

翻訳（ほんやく）

❍ 說說看（以下句子用日文要怎麼說？）

1. 初次見面，敝姓林，請多指教。

2. 楊先生，這位是東京商事的鈴木部長。

3. 山田先生，這是您的留言。

4. 那是敝公司的樣品（當你介紹客人距離較遠處的商品時）。

5. 那是工廠的報價單（當報價單在客人手上時）。

聞き取りの練習

CD1-07

❍ 在空欄處填入適當的語詞

1. A：はじめまして。東京貿易の＿＿＿＿＿＿＿＿と申します。

   どうぞよろしくお願いします。

   B：ああ、どうも。こちらこそ。＿＿＿＿＿＿＿＿。
   どうぞよろしく。

2. A：鈴木さん、こちら、＿＿＿＿＿＿＿＿の王です。

   B：はじめまして、王と申します。よろしくお願いします。

3. A：田中社長、こちら、＿＿＿＿＿＿の＿＿＿＿＿＿です。

   B：はじめまして。＿＿＿＿＿＿＿＿と申します。

4. A：豊田さん、これは最新の＿＿＿＿＿＿＿＿です。

   B：ええ、面白いですね。

5. A：木村さん、それは私の＿＿＿＿＿＿＿＿です。

   B：どうもありがとう。

2

電話(でんわ)での応対(おうたい)(一(いち))

「はい、庶務二課(しょむにか)でございます。おはよう　ございます。」

（這裡是庶務二課，您早！）

如例句所示，本課將場景拉到了辦公室中的電話對話場面，學習基礎的電話應對。

文型（ぶんけい）

1. 接電話

はい、山田商事（やまだしょうじ）です。(一般表現（いっぱんひょうげん）)

はい、山田商事（やまだしょうじ）でございます。(謙遜表現（けんそんひょうげん）)

2. 找人

※表現 1

営業一課（えいぎょういっか）の井上課長（いのうえかちょう）をお願（ねが）いします。

※表現 2

営業一課（えいぎょういっか）の丸橋（まるはし）さんはいらっしゃいますか。

3. 詢問時間

会議（かいぎ）は何時（なんじ）から何時（なんじ）までですか。

4. 動詞的謙虚表現

※表現 1

お待（ま）たせしました。(一般表現（いっぱんひょうげん）)

お待（ま）たせ致（いた）しました。(謙遜表現（けんそんひょうげん）)

※表現 2

紹介（しょうかい）します。(一般表現（いっぱんひょうげん）)

ご紹介致（しょうかいいた）します。(謙遜表現（けんそんひょうげん）)

5. 祈使動作之敬語表現

※表現 1

待って下さい。(請等待。)

お待ち下さい。(請您等待。)

※表現 2

連絡を下さい。(請跟我連絡。)

ご連絡下さいませ。(請您跟我連絡。)

会話一　電話での応対→對方不方便接聽時

CD1-09

オペ：はい、山田商事でございます。

王　：王と申しますが、庶務二課の坪井さんはいらっしゃいますか。

オペ：坪井はただいま会議中（＊）です。

王　：そうですか。会議は何時までですか。

オペ：三時までですが…。

王　：じゃ、三時ごろ、もう一度電話を致します。

オペ：すみません。お願い致します。

總機：山田商事您好！

王　：敝姓王。請問庶務二課坪井小姐在嗎？

總機：坪井現在正在開會。

王　：請問會開到幾點呢？

總機：開到三點。

王　：那麼我三點左右再打電話過來。

總機　：對不起，那拜託了。

說明

＊ ～中：表正在…（當中。）

例 電話中。（正在講電話。）

出張中。（目前出差。）

語彙(一)

CD1-10

序號	日文假名	重音	日文漢字	中文意思
1	かいぎ	1/3	会議	會議
2	でんわ	0/1	電話	電話
3	しょむにか	3	庶務二課	庶務二課
4	またせます	4	待たせます	讓您久等
5	れんらくします	6	連絡します	連絡

置き換え練習

1. はい、豊田自動車でございます。

(1) 営業一課

____

(2) 三菱商事

____

~でございます。

＊「でございます」：為「です」的謙虛用法。

例 はい、人事部でございます。（人事部您好。）

2. 庶務二課の坪井さんをお願いします。

(1) 会計室の塚原さん

____

(2) コンピュータ室の寺崎部長

____

～をお願いします。

＊「を」：表動作用的對象。

＊「お願いします」：為麻煩、拜託之意。因此整個句型的意思是「麻煩請接～某某人」。

例 秘書課の黒川さんをお願いします。
（麻煩請接秘書課的黑川小姐。）

3. 庶務二課の坪井さんはいらっしゃいますか。

(1) 会計室の塚原さん。

____

(2) コンピュータ室の寺崎部長。

____

～さんはいらっしゃいますか。

＊「は」：表主語。

＊「いらっしゃいます」：為「います」（有、在）的尊敬表現。因此整個句型的意思是「請問～某某人在嗎？」。

例 秘書課の黒川さんはいらっしゃいますか。
（請問秘書課的黑川小姐在嗎？）

4. 会議は三時から五時までです。

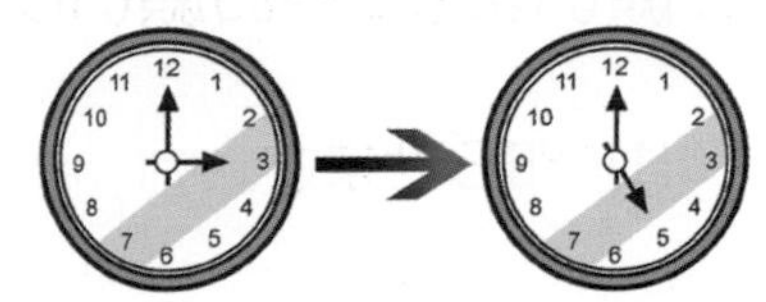

(1) 勤務時間／九時／五時

____

(2) 昼休み／十二時／一時半

____

(3) 連休／火曜日／木曜日

____

(4) 社員旅行／今週の金曜日／来週の月曜日

____

は～から～までです。

＊「は」：表主語。

＊「から」：為從～開始之意。與英文中的「from」之用法相同。

＊「まで」：為到～為止之意。與英文中的「to」之用法相同。

＊「から」與「まで」可分開使用，亦可一起使用。

例 発表会は一時からです。（發表會從一點開始。）
締め切りは今週の金曜日までです。（截止日至這個星期五為止。）

例 特売は今週の水曜日から来週の土曜日までです。
（拍賣是從這個星期三到下個星期六。）

5. 願（ねが）います。→お願（ねが）いします。→お願（ねが）いいたします。

(1) 知（し）らせます。

____

(2) 待（ま）たせます。

____

(3) 持（も）ちます。

____

(4) 作（つく）ります。

____

6. 案内します。ご案内いたします。

(1) 紹介します。

____

(2) 説明します。

____

(3) 返事します。

____

(4) 連絡します。

____

お／ご～します（いたします）。（謙譲表現）

＊ 將動詞的第二變化，亦即「ます」去掉，前面加上「お或ご」（接頭語，表現禮貌與教養），後面加上「します或いたします」之後，便是自我動作之謙虛表現。意為「由我來為您～」。

＊ 而「します」前面通常接帶有動作性之名詞，一般用複合動詞的形態來表示其動作。

例　「電話」此為名詞。而如果要表現打電話這個動作的話，就加上「します」或「をします」。

＊ 另「いたします」為「します」的謙虛表現。改成謙虛表現後，更有禮貌。

7. 待(ま)ちます。→お待(ま)ち下(くだ)さい。

(1) 座(すわ)ります。

____

(2) 帰(かえ)ります。

____

(3) 持(も)ちます。

____

(4) 伝(つた)えます。

____

8. 連絡します。ご連絡ください。

(1) 紹介します。

____

(2) 説明します。

____

(3) 提出します。

____

(4) 記入します。

____

お／ご～下さい。(祈使句之敬語表現)

＊ 將動詞的第二變化，亦即「ます」去掉，前面加上「お或ご」（接頭語，表現禮貌與教養），後面加上「下さい」之後便是祈使句之敬語表現。意為「請您～」。

＊ 而「～します」通常以「お／ご～下さい」的句型來呈現。亦即是將整個「します」都去掉。

語彙(二)

序號	日文假名	重音	日文漢字／外來語語源	中文意思
1	きんむじかん	4	勤務時間	上班時間
2	ひるやすみ	3	昼休み	午休
3	れんきゅう	0	連休	連休
4	しゃいんりょこう	4	社員旅行	員工旅遊
5	コンピュータしつ	5	computer室	電腦室
6	もういちど	0	もう一度	再一次
7	こんしゅう	0	今週	這星期
8	らいしゅう	0	来週	下星期
9	しらせます	4	知らせます	通知
10	まちます	3	待ちます	等候
11	つくります	4	作ります	作～
12	すわります	4	座ります	坐
13	わかります	4	分かります	理解；懂
14	かえります	4	帰ります	回家
15	せつめいします	6	説明します	說明
16	へんじします	5	返事します	回覆
17	あんないします	3	案内します	嚮導；引導
18	ていしゅつします	6	提出します	提出
19	きにゅうします	3	記入します	記入

会話二　電話での応対→需轉接時

CDI-12

オペ：はい、山田商事でございます。

王　：王と申しますが、庶務二課の坪井さんはいらっしゃいますか。

オペ：はい、少々お待ちください。

王　：はい、お願い致します。

坪井：お待たせ致しました。庶務二課の坪井でございます。…

總機：山田商事您好！

王　：敝姓王。

請問庶務二課坪井小姐在嗎？

總機：在的，請稍候。

王　：好的，麻煩您了。

坪井：讓您久等了。我是庶務二課的坪井。

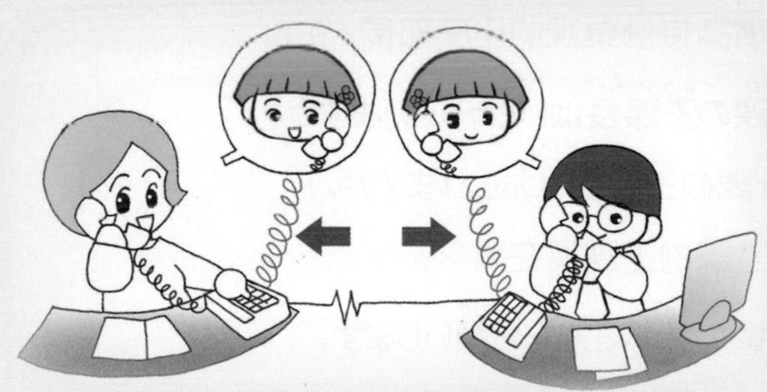

知っておくと便利です

電話禮儀（一）

撥電話時

1. 先說明自己的身份並適時地加上招呼語

例 ❖ もしもし、JPの王です。おはようございます。

（喂～我是JP公司的小王，您早。）

❖ 王と申しますが、…（敝姓王，請問……）

❖ こんにちは。こちらは山田商事のアンですが…

（您好，這裡是山田商事的小安……）

2. 明確告訴接電話者要找的對象姓名及所屬單位

例 ❖ 営業課の山田部長をお願い致します。

（麻煩請接營業課的山田部長。）

❖ 会計課の王課長はいらっしゃいますか。

（会計課の王課長はおられますか。）

（會計課的王課長在嗎？）

❖ 内線112の鈴木さんをお願いします。

（麻煩請接分機112的鈴木先生。）

❖ 鬼塚社長をお願いできますか。

（是否能請鬼塚社長聽電話？）

❖ 山本部長は今お時間ございますか。

（請問山本部長現在有空嗎？）

3. 電話接通時應先表達打擾之歉意

例 ❖ お仕事中申し訳ございまん。
（對不起打擾您工作了。）

❖ お忙しいところ、申し訳ございません。
（百忙之中打擾您，很抱歉。）

4. 掛電話時應表達謝意

例 ❖ 失礼いたしました。
（打擾了！對不起。）

❖ どうもありがとうございました。
（謝謝！）

CD1-13

Step 1 教師先說明會話用例。

Step 2 三位同學一組。一人扮演撥電話者，另兩人分別扮演接線生及撥電話者欲尋找的人。

Step 3 分配好自己欲扮演的角色職位後做實際演練。

Step 4 演練完後，教師請一至二組同學上台表演。

ちりんちりん（電話(でんわ)の音(おと)）

オペ：ありがとうございます。
　　　大阪物産(おおさかぶっさん)でございます。

A：　あのう、こちらは台湾貿易(たいわんぼうえき)の林(りん)と申(もう)しますが、
　　　経理課(けいりか)の黒川課長(くろかわかちょう)をお願(ねが)い致(いた)します。

オペ：はい、おつなぎ致(いた)しますので、少々(しょうしょう)お待(ま)ちくださいませ(1)。

B：　いつもお世話(せわ)になっております(2)。経理課(けいりか)の黒川(くろかわ)でございます。

A：　あ、黒川様(くろかわさま)、台湾貿易(たいわんぼうえき)の林(りん)と申(もう)します。ごぶさたいたしております(3)。

B：　あ、林様(りんさま)(4)ですか、どうも。

補充說明

1. お待ちくださいませ。＝お待ち下さい。
（其中「お待ちくださいませ。」又較「お待ち下さい」語氣上要來的客氣。）

2. いつもお世話になっております。
（慣用表現，意為承蒙您的照顧。）

3. ごぶさたいたしております。
（慣用表現，久違了。）

4. ～さん＝～さま。
（其中「～さま」比「～さん」更有讓對方受到敬重的感覺。）

翻訳（ほんやく）

❍ 說說看（以下句子用日文要怎麼說？）

1. 麻煩請接鬼塚課長。

2. 對不起，部長現在電話中。

3. 好的，我幫您轉接，請稍候。

4. 啊！陳老板，好久不見。請坐。

5. 這裡是JP商事，承蒙您照顧了。

6. 開會要開到三點。

聞(き)き取(と)りの練習(れんしゅう)

CD1-14

❍ **1-3**聽對話在空欄處填入適當的語詞，**4-5**聽對話問句，選出最適當的答案。

1. 鈴木(すずき)さんはいま＿＿＿＿＿＿中(ちゅう)です。
2. 会議(かいぎ)は＿＿＿＿＿＿時(じ)までです。
3. 連休(れんきゅう)は＿＿＿＿＿＿曜日(ようび)から＿＿＿＿＿＿曜日(ようび)までです。
4. (　　)

   一番適当(いちばんてきとう)な答(こた)えはどれですか。
5. (　　)

   一番適当(いちばんてきとう)な答(こた)えはどれですか。

ノート

3

電話(でんわ)での応対(おうたい)(二(に))

「野村部長(のむらぶちょう)はもう帰(かえ)りましたか。」

「野村部長(のむらぶちょう)はもうお帰(かえ)りになりましたか。」

以上兩句話翻譯成中文都是「野村部長已經回去了嗎？」，差別在那兒呢？

日文是屬相對敬語，亦即是依對象來決定是否使用敬語。而敬語的使用在電話的應對上是相當重要的。在上一課我們學習了我方動作、行為的「謙讓語」表現，而在本課中我們將學習對方動作、行為的「敬語」表現。

文型(ぶんけい)

CD1-15

1. 對方動作的敬語表現

酒井部長(さかいぶちょう)はいつ帰(かえ)りますか。(一般表現(いっぱんひょうげん))

酒井部長(さかいぶちょう)はいつお帰(かえ)りになりますか。(謙遜表現(けんそんひょうげん))

2. 委託

来週(らいしゅう)の船(ふね)に積(つ)みますようお願(ねが)いします。

3. 請求轉達

お電話(でんわ)をくださいますようお伝(つた)え下(くだ)さい。

4. 婉轉說明原因

在庫品(ざいこひん)がありませんので、ご了承(りょうしょう)ください。

会話一　電話での応対→請時常往來的客戶回電　CD1-16

オペ：はい、海外事業部でございます。

劉　：三重工業の劉と申しますが、酒井部長をお願い致します。

オペ：劉様ですね。いつもお世話になっております。

　　　部長は出張中でございます。

劉　：そうですか。いつお帰りになりますか。

オペ：十日の金曜日でございます。

劉　：じゃ、お電話をくださいますようお伝え下さいませ。

オペ：はい、かしこまりました。お伝え致します。

總機：海外事業部您好！

劉　：這裡是三重工業，敝姓劉。麻煩請接酒井部長。

總機：劉先生您好。承蒙您多方照顧。部長現在出差不在。

土　：出差啊！請問什麼時候回來呢？

總機：十號星期五回來。

王　：那麼麻煩請部長回電。

總機：好的，我會轉告。

語彙(一)　CD1-17

序號	日文假名	重音	日文漢字	中文意思
1	ふね	1	船	船
2	ざいこひん	0	在庫品	存貨
3	りょうしょう	0	了承	知道；知曉
4	つみます	3	積みます	裝載；堆積
5	つたえます	4	伝えます	傳達

置(お)き換(か)え練習(れんしゅう)

1. 帰(かえ)ります。→お帰(かえ)りになります。

(1) 勤(つと)めます。

____

(2) 使(つか)います。

____

2. たばこを吸(す)いますか。

→お客様(きゃくさま)はたばこをお吸(す)いになりますか。

(1) どのホテルに泊(と)まります／部長(ぶちょう)

____

(2) いつまで休(やす)みます／課長(かちょう)

____

3. もう出掛けましたか。

→社長はもうお出掛けになりましたか。

(1) もう決めましたか／会長

____

(2) もう疲れましたか／お客様

____

お～になります。

＊ 動詞去「ます」，前面加「お」後面加上「になります」即為表達對對方的動作表示尊敬之動詞的敬語表現。

例 たばこを吸いますか。（抽煙嗎？）

たばこをお吸いになりますか。（您抽煙嗎？）

4. 早くお電話を下さいます／お伝え下さいませ。

→早くお電話をくださいますようお伝え下さいませ。

(1) 金曜日までに御返答を下さいます／お伝え下さいませ。

(2) 見積書の御確認を下さいます／お伝え下さいませ。

(3) 明日の出発の時間を守ります／お願い致します。

(4) もう一度検討します／お願い致します。

～ますよう

＊ 在「ます」後面加「よう」表示說話者的委婉請求，表希望～之意。因此其後大多接表現請求「お願いします」（麻煩、拜託您），或祈使表現「お～下さいませ」（麻煩請您～），整個句型的意思是「希望您（能）幫忙～」。

例 1. 早く御確認くださいますようお願い致します。

（麻煩您早點確認為荷。）

2. 来週の水曜日の船に積みますようご確認下さいませ。

（希望您（能）幫忙確認下週三裝船事宜。）

5. 在庫品がありません／ご了承下さい。

→在庫品がありませんのでご了承下さい。

(1) 担当の責任者と代わります／少々お待ち下さい。

____

(2) 急用があります／お先に失礼します。

____

(3) 時間がありません／簡単に説明致します。

____

(4) よく分かりません／もう一度お願い致します。

____

~ます／ませんので~

（婉轉客氣地說明原因及理由）

＊將動詞的第二變化，亦即「ます」形加上接續助詞「ので」，表婉轉客氣地說明原因及理由。意為「（對不起）因為～所以（請您）～」。

例 よく聞き取れませんのでもう一度お願いします。

（對不起，我沒聽清楚，麻煩您再說一次。）

6. 掛(か)けます／直(なお)します→掛(か)け直(なお)します。

(1) やります／直(なお)します

---

(2) 読(よ)みます／直(なお)します

～直(なお)します。

＊ 動詞去「ます」，後面加上「直(なお)します」即為複合動詞，表示此動作重新來過。

例 考(かんが)えます→考(かんが)え直(なお)します。（重新考量。）

語彙(二)

序號	日文假名	重音	日文漢字／外來語語源	中文意思
1	たばこ	0	煙草	香菸
2	おきゃくさま	0/4	お客様	客人；客戶
3	ホテル	1	Hotel	旅館
4	しゅっぱつ	0	出発	出發
5	じかん	0	時間	時間
6	たんとう	0	担当	擔任
7	せきにんしゃ	3	責任者	負責人
8	きゅうよう	0	急用	急事
9	はやく	1	早く	早
10	おさきに	0	お先に	先
11	かんたんに	0	簡単に	簡單
12	つとめます	4	勤めます	工作；擔任
13	つかいます	4	使います	用
14	すいます	3	吸います	吸
15	とまります	4	泊ります	投宿；過夜
16	やすみます	4	休みます	休息
17	でかけます	4	出掛けます	出門
18	きめます	3	決めます	決定
19	つかれます	4	疲れます	疲倦
20	まもります	4	守ります	遵守
21	へんとうします	3	返答します	回答
22	かくにんします	6	確認します	確認

序號	日文假名	重音	日文漢字／外來語語源	中文意思
23	けんとうします	6	検討します	討論
24	かわります	4	代わります	代理；代替
25	しつれいします	2	失礼します	失禮
26	かけます	3	掛けます	打；掛
27	なおします	4	直します	修正；修改
28	やります	3	遣ります	做
29	よみます	3	読みます	讀

電話での応対→通話状況不良時

CD1-19

オペ：はい、三重工業でございます。

酒井：山田機械の酒井と申しますが、内線123の劉課長をお願い致します。

オペ：はい、ただいま劉と代わりますので、少々お待ち下さいませ(1)。

劉　：はい、お電話代わりました(2)。

酒井：酒井と申しますが…。
　　　（雑音…）もしもし…。

劉　：よく聞こえませんので、もう少し大きい声でお願い致します(3)。

酒井：もしもし、もしもし…。

劉　：すみません。聞こえませんが…。

酒井：じゃ、もう一度掛け直します。失礼します。

總機：三重工業您好！

酒井：敝姓酒井。麻煩請接分機123的劉課長。

總機：好的。立刻為您轉接，請稍候。

劉　：電話接過來了。

酒井：您好，敝姓酒井……。
　　　（雜音……）您好……。

劉　：對不起，我聽不清楚，麻煩請大聲一點。

酒井：這樣可以嗎？

劉　：對不起，我還是聽不到……。

酒井：那麼我再打一次。抱歉打擾了。

說明

1. ただいま劉と代わりますので、少々お待ち下さいませ。

   ＊「ただいま」與「いま」同義，均為副詞，表立刻、現在、目前之意。

   ＊「ので」為接續助詞，表因為～所以～之意。

   ＊「お待ち下さいませ」與「お待ち下さい」同義，但「お待ち下さいませ」較客氣些。

2. お電話代わりました。

   此為電話用語中之慣用表現。意為「您的電話接過來了」。

3. よく聞こえませんので、もう少し大きい声でお願い致します。

   「よく」接動詞肯定表現時，表很～，十分～。相反地，接否定表現時則表示不十分～。「大きい声で」的「で」為方法、手段的助詞，表用～、以～的方式之意。

知っておくと便利です

電話禮儀(二)

接電話時

1. 電話鈴聲響起立刻接起。如果鈴響超過三聲時，接起電話時應先說讓您久等了，然後才告知公司名稱。

例 お待たせしました。JPでございます。…
（讓您久等了。JP您好！…）

2. 對方如為熟識者應先跟對方表達感謝之意。

例 いつもお世話になっております。（承蒙您多方照顧。）

對方如非熟識者而且未告知姓名時，應先跟對方確認身份。

例 失礼ですが、どちら様でしょうか。（很抱歉，請問您哪裡找？）

3. 電話交談中如果有急事插入或需要去查資料等，會讓對方等候太久時，應表示歉意且向對方承諾回電的時間。

例 申し訳ありません。○分後にこちらから電話致します。
（非常抱歉。○分後，我再回您電話。）

4. 如果對方所詢問的內容自己無法處理時，應轉接給能夠處理者。

例 恐れ入りますが、担当の責任者と代わりますので、少々お待ち下さいませ。
（對不起，我為您轉接此事務之負責人，請稍待。）

5. 當聽不懂或聽不清楚時，可用客氣的語氣請對方再說一次。

例 ❖ よく聞こえませんので、もう少し大きい声でお願い致します。

（聽不太清楚，麻煩請大聲一點。）

❖ よくわかりませんので、もう一度お願い致します。

（我聽不懂您的意思，麻煩請再說一次。）

6. 電話突然中斷時，應主動先道歉。

例 先ほどは失礼致しました。（剛才真是抱歉！）

7. 當對方疑似打錯電話時

例 こちらは丸山貿易です。失礼ですが、どちらにおかけでしょうか。

（我們這裡是丸山貿易公司，很抱歉，您是哪裡找呢？）

CDI-20

Step 1 教師先說明會話用例。

Step 2 四位同學一組。一人扮演撥電話者，一人扮演接線生，另兩人分別扮演秘書及社長。

Step 3 從下面的名片中選出自己欲扮演的角色職位後做實際演練。

Step 4 演練完後，教師請一至二組同學上台表演。

ちりんちりん（電話の音）

オペ　：はい、台湾工業でございます。

林　　：あのう、こちらは安井貿易の林と申しますが、
浜崎社長をお願い致します。

オペ　：はい、社長室と代わりますので、少々お待ち下さいませ。

秘書　：お電話ありがとうございます。社長室でございます。

林　　：あのう、こちらは安井貿易の林と申しますが、浜崎社長をお願い致します。

秘書　：あ、林経理、こんにちは。いつもお世話になっております。
社長と代わりますので、少々お待ち下さいませ。

林　　：はい、お願い致します。

社長　：はい、浜崎でございます。（雑音）
もしもし、もしもし…聞こえますか。

林　　：すみません。よく聞こえません。

社長　：じゃ、こちらから掛け直します。失礼します。

翻訳（ほんやく）

❍ 說說看（以下句子用日文要怎麼說？）

1. 麻煩請您轉告鬼塚課長，請他回電。

2. （當你在電話中聽不清楚時應該怎麼說？）

3. 好的，我為您轉接分機211，請稍候。

4. （用敬語詢問）林經理是否已經回來了呢？

5. （用謙虛語回答）我這裡三點左右會再打電話過去。

6. 對不起，我有急事要先告辭了。

聞き取りの練習

CD1-21

❍ 聽完問句寫出正確答案。

1. 秘書：社長は五時ごろ＿＿＿＿＿＿＿＿。
   a. お帰りになります。
   b. 帰り致します。
   c. 帰ります。

2. 秘書：はい＿＿＿＿＿＿＿＿。
   a. はい、もう一度電話をします。
   b. わかりました。お願い致します。
   c. どうぞ、電話をください。

3. 秘書：はい、＿＿＿＿＿＿＿＿。
   a. はい、社長と代わりますので、少々お待ち下さい。
   b. はい、わかりました。よろしくお願い致します。
   c. どうもありがとう。

4. 相手：もしもし…＿＿＿＿＿＿＿＿。
   a. 少々お待ち下さい。
   b. じゃ、もう一度掛け直します。失礼します。
   c. よろしくお願い致します。

5. 相手：はい、＿＿＿＿＿＿＿＿。
   a. わかりました。もう一度お願い致します。
   b. わかりました。もう一度ご説明致します。
   c. わかりました。どうもありがとう。

ノート

しょくじ

食事

「一緒に食事しましょうか。」

跟客戶談事情或是開會，如果正值用餐時間，我們在禮貌上通常應該邀請對方一起用餐。而在本課中的表現文型著重在邀約的表現。

文型(ぶんけい)

CD1-22

1. 邀請對方的表現

一緒(いっしょ)に映画(えいが)を見(み)ませんか。

もう食事(しょくじ)の時間(じかん)ですね。食事(しょくじ)をしましょうか。

2. 贊同對方的提議

一緒(いっしょ)に映画(えいが)を見(み)ませんか。…ええ、見(み)ましょう。

一緒(いっしょ)に食事(しょくじ)をしましょうか。…ええ、しましょう。

3. 選擇表現

何(なに)にしますか。(一般表現(いっぱんひょうげん))

何(なに)になさいますか。(尊敬表現(そんけいひょうげん))

4. 依賴表現（請對方接受）

メニューをどうぞ。

5. 祈使表現（請給我～）

ビールを下(くだ)さい。

会話一　食事に誘う

CD1-23

陳　：佐藤さん、もう食事の時間ですね。一緒に食事しましょうか。

佐藤：ええ、そうですね。

陳　：台湾料理を食べませんか。

佐藤：いいですね。食べましょう。

陳　：じゃ、レストランに行きましょうか。

佐藤：お願いします。

（車に乗る）

陳　：どうぞお先に。

佐藤：失礼します。

陳　：佐藤小姐，已經是用餐時間了。一起用餐吧！

佐藤：好啊！

陳　：要不要吃台菜呢？

佐藤：好啊！

陳　：那我們先去餐廳吧！

佐藤：麻煩你了。

（搭車）

陳　：請先上車。

佐藤：那我就失禮了。

語彙（一）

序號	日文假名	重音	日文漢字／外來語語源	中文意思
1	えいが	1/0	映画	電影
2	しょくじ	0	食事	吃飯
3	たいわんりょうり	5	台湾料理	台灣料理
4	メニュー	1	menu	菜單
5	ビール	1	beer	啤酒
6	いっしょに	0	一緒に	一起
7	まず	1	先ず	首先
8	のります	3	乗ります	搭乘

置き換え練習

1. コーヒーを飲みます。
→ 一緒にコーヒーを飲みませんか。

(1) ご飯を食べます。

____

(2) 映画を見ます。

____

～を～ます／ません

「を」表動作動詞動作作用的對象，前面放置動作對象物。

例 本を読みます。（看書。）
新聞を読みます。（看報紙。）
雑誌を読みます。（看雜誌。）

2. 12時(じ)／食事(しょくじ)をします。

→ もう12時(じ)ですね。食事(しょくじ)をしましょうか。

(1) 時間(じかん)／帰(かえ)ります。

____

(2) だめ／あきらめます。

____

3. 一緒(いっしょ)にテニスをしませんか。

→ ええ、しましょう。（○）

→ テニスはちょっと。（×）

(1) 一緒(いっしょ)にコーヒーを飲(の)みませんか。

____

(2) 一緒(いっしょ)に買(か)い物(もの)をしませんか。

____

～ませんか／ましょうか。

＊ 動詞「ます」是肯定表現，「ません」是否定表現。而「ませんか」則因不知道對方在時間上或意願上如何，而以詢問、邀約的口氣來徵詢對方的同意與否，意思為問對方「是否要、是否願意～」。

例 今週の日曜日、一緒にゴルフをしませんか。
（這個星期日要不要一起打高爾夫球呢？）
…ええ、しましょう。（○）（好啊！一起去打。）
…今週の日曜日はちょっと。（×）（這個星期日有點不方便耶。）

＊ 然而，當口氣為「ましょうか」時，通常是有一個彼此共識的前提之下，由一方來徵求另一方的意見，詢問對方「一起～吧！」。

例 もう食事の時間ですね。一緒に食べましょうか。
（已經是用餐時間了。一起用餐吧！）
…ええ、食べましょう。（好啊！一起去用餐吧！）

4. 何(なに)になさいますか。(ビーフカレー)

→ ビーフカレーにします。

(1) 何(なに)になさいますか。（酢豚(すぶた)）

___

(2) 何(なに)になさいますか。（懐石料理(かいせきりょうり)）

___

~にします／なさいます

* 「～にします」表選擇、決定。而「なさいます」為「します」的尊敬表現。因此，當對方用敬語詢問時，就用一般用語回答即可。

例 どんな料理(りょうり)になさいますか。（您要（選）用什麼料理呢？）

→ そうですね。私(わたし)は日本料理(にほんりょうり)にします。

（嗯！我（決定）要日本料理。）

5. メニュー／どうぞ。→メニューを　どうぞ。

(1) コーヒー／どうぞ。

____

(2) お茶（ちゃ）／どうぞ。

____

～をどうぞ。（禮貌地請對方接受～）

＊ 將助詞「を」前面放置名詞，為依賴、請對方接受，多用於招待或用餐時服務生上菜時。意為「請用～」。

例 お茶（ちゃ）をどうぞ。（請用茶。）

6. おしぼり → おしぼりを下(くだ)さい。

(1) 灰皿(はいざら)

____

(2) 紹興酒(しょうこうしゅ)

____

(3) これ

____

(4) レシート

____

~を下(くだ)さい。(請給我~)

＊ 將助詞「を」前面放置名詞，為「請對方給我～」，多用於用餐時要求服務生拿東西時或購物時請店主結帳時用。意為「請給我～，請將～給我包下來」。

例 1. ジュースを下(くだ)さい。（請給我果汁。）
2. あれを下(くだ)さい。（請將那個給我包下來。）

7.「花枝丸」／イカ団子の揚げ物

→「花枝丸」って何ですか。…イカ団子の揚げ物です。

(1)「乾焼明蝦」／えびのチリソース煮

____

(2)「富貴火腿」／ハムの蜂蜜蒸し煮

____

語彙（二）

序號	日文假名	重音	日文漢字／外來語語源	中文意思
1	ごはん	1	ご飯	飯
2	すぶた	1	酢豚	糖醋排骨
3	かいせきりょうり	5	懐石料理	懷石料理
4	おちゃ	0	お茶	茶
5	おしぼり	2	お絞り	熱手巾；拭手巾
6	はいさら	0	灰皿	煙灰缸
7	しょうこうしゅ	3	紹興酒	紹興酒
8	イカだんご	3	イカ団子	花枝丸
9	あげもの	0	揚げ物	油炸的食物
10	えび	0	海老	蝦
11	おすすめ	0	お勧め	勸；推薦
12	テニス	1	tennis	網球
13	コーヒー	3	coffee	咖啡
14	ビーフカレー	4	beef curry	牛肉咖哩
15	レシート	2	receipt	收據
16	ハム	1	ham	燻火腿
17	メーンディッシュ	4	maindish	主菜
18	だめ	2	駄目	不行；不好；無用
19	ちょっと	0/1		有點～；一下子
20	のみます	3	飲みます	喝
21	たべます	3	食べます	吃
22	みます	2	見ます	看
23	あきらめます	5		斷念；死心
24	かいものします	6	買い物します	買東西

会話二 レストランで

CD1-26

陳：メーンディッシュは何になさいますか。

佐藤：そうですね。お勧めは何ですか。

陳：「花枝丸」はどうですか。

佐藤：「花枝丸」って何ですか。

陳：イカ団子の揚げ物です。

佐藤：そうですか。じゃ、それにしましょう。

陳：あのう、紹興酒でも飲みませんか。

佐藤：ええ、飲みましょう。

陳：您主菜要選什麼呢？

佐藤：嗯！您推薦什麼呢？

陳：「花枝丸」如何？

佐藤：「花枝丸」是什麼東西呢？

陳：是花枝的油炸物。

佐藤：是那樣的啊！那我就選花枝丸好了！

陳：要不要來點紹興酒呢？

佐藤：好啊！來喝吧！

知(し)っておくと便利(べんり)です

認識日本料理

特色：重視視覺（依場合與素材須分別搭配合適的器皿）與味覺（崇尚自然風味，以清淡為主）

烹調原則：五味（甘、甜、酸、苦、辣），五色（白、黑、黃、紅、綠），五法（生、煮、烤、蒸、炸）

日本料理主要的種類：

＊ 会席料理(かいせきりょうり)

原本是達官顯貴為了享受美酒而準備的料理。自江戶時代起廢棄繁瑣的禮儀，如今已發展成一般的宴會酒席。

＊ 懐石料理(かいせきりょうり)

原本是由僧侶所創，源自於茶會的茶前飲料，如今已成為貴族化的優雅美食。其使用新鮮的季節性材料，反映出四季分明而纖細敏感的日本人的風雅。

＊ 本膳料理(ほんぜんりょうり)

為招待客人之正式料理。如國策宴之料理。

＊ 魚介料理(ぎょかいりょうり)

四面環海的日本，魚類、貝類等海產自古以來就是日本家庭餐桌上的主菜。當然，料理的方法也是多樣化的。

＊ 寿司(すし)

在煮好的飯上加上壽司醋，配上新鮮的魚、貝、蔬菜等。

＊ 天(てん)ぷら

將新鮮的蔬菜、魚貝類包上麵衣，再用油炸。

＊ すき焼(やき)

將切成薄片的牛肉與蔬菜、蒟蒻、豆腐等一起煮，再加上醬油、糖、甜酒等調味料，沾生雞蛋吃的一種料理。

＊ しゃぶしゃぶ

這是日本最具代表性的火鍋料理之一。將切得很薄的肉片在煮好的湯鍋裡稍微涮一下之後，再沾調味料吃。

＊ 豚(とん)カツ

炸豬排。豬的里脊肉或大腿肉包上麵衣之後再用大量的植物油來炸。

＊ 焼(や)き鳥(とり)

烤雞肉串。將切成小塊的雞肉，搭配蔥等蔬菜用竹籤串起來，然後灑上鹽或塗上醬料等之後，在炭火上烤。

＊ おでん

關東煮。將蒟蒻、蘿蔔、魚肉丸子等放入用鰹魚、海帶等材料調理出來的湯汁內用慢火燉煮。「おでん」是東京話，「関東煮(かんとうだき)」是大阪方面之說法。

＊ 日本蕎麦(にほんそば)、饂飩(うどん)

蕎麥麵、烏龍麵。吃時可發出聲音表示好吃。

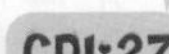

Step 1 教師先說明會話用例。

Step 2 四位同學一組。兩人扮演服務生A、B，另兩人分別扮演客人甲、乙。

Step 3 分配好自己欲扮演的角色職位後做實際演練。

Step 4 演練完後，教師請一至二組同學上台表演。

ウエーターA ：いらっしゃいませ。どうぞこちらへ(1)。メニューをどうぞ。

ウエーターB ：ご注文はお決まりですか。

客（甲） ：はい、私はマーボー豆腐です。

客（乙） ：私は酢豚です。それから(2)、台湾ビールも下さい。

ウエーターB ：はい、かしこまりました。少々お待ちくださいませ。

（会計）

客（甲） ：全部でいくらですか(3)。

ウエーターA ：二千五百元です。

客（甲） ：カードでお願いします(4)。

ウエーターA ：はい、こちらにサインをお願い致します(5)。
どうもありがとうございました。

客（二人） ：ご馳走様(6)。

補充說明

1. どうぞこちらへ：「へ」發音為「e」，代表方向。意為「請往這裡走」。

2. それから：接續助詞，意為「然後」。

3. 全部（ぜんぶ）でいくらですか：「で」前面接數量詞時表狀態。意為「這樣總共多少錢？」。

4. カードでお願（ねが）いします：「で」在此表示方法、手段。意為「用……方式」。

5. こちらにサインをお願（ねが）い致（いた）します：「に」表靜態之歸著點。此指簽名處。

6. ご馳走様（ちそうさま）：原意為感謝主人的款待，此引申為感謝餐館的廚師所煮的佳餚及服務生的殷勤款待。

翻訳（ほんやく）

❍ 說說看（以下句子用日文要怎麼說？）

1. 已經12點了，一起用餐吧！

2. 這個星期天要不要一起去打高爾夫球呢？

3. 木村先生，您主餐點什麼呢？

4. 抱歉，為您上（請用）乾燒蝦仁。

5. 對不起，麻煩請給我茶。

聞き取りの練習

CD1-28

❍ 聽完對話後，請選出正確答案。

(　　) 1. これから二人は何をしますか。

a. 帰ります。

b. ご飯を食べます。

c. 映画を見ます。

(　　) 2. 女の人は何を食べますか。

a. 乾燒蝦仁。

b. 糖醋排骨。

c. 花枝丸。

(　　) 3. お支払いは何でなさいますか。

a. カードです。

b. 現金です。

c. 招待券です。

(　　) 4. 女の人は土曜日に何をしますか。

a. パーティーに行きます。

b. 何もしません。

c. 友達と会います。

(　　) 5. 男の人は何をお願いしましたか。

a. 灰皿です。

b. おしぼりです。

c. 灰皿とおしぼりです。

ノート

5

Eメール

在資訊發達的時代，使用「Eメール」來連絡事情已經是理所當然的了。 這一課讓我們來透過會話實例，引導出簡易的日文商用書信的寫法。

文型（ぶんけい）

1. 形容動詞修飾名詞的用法

これは丈夫（じょうぶ）な商品（しょうひん）です。

2. 形容詞修飾名詞的用法

それは安（やす）い物（もの）です。

3. 形容動詞的否定表現

鈴木（すずき）さんは最近（さいきん）あまり元気（げんき）ではありません。

4. 形容詞的否定表現

この値段（ねだん）は高（たか）くないです。

5. 選擇表現（二擇一）

紅茶（こうちゃ）とコーヒーとどちらがいいですか。

紅茶（こうちゃ）の方（ほう）がいいです。

6. 方法、手段的表現

Eメールでお願（ねが）い致（いた）します。

7. 完成的表現

このサンプルは来週（らいしゅう）できます。

会話　サンプル

CD1-30

王　：吉田さん、これは今年の人気のスタイルですよ。

吉田：そうですか。サンプルはいつできますか。

王　：来週できますが、色は赤いのと青いのとどちらがいいですか。

吉田：うん、青い方がいいですね。

王　：はい、かしこまりました。

吉田：これ、わたしのメールアドレスです。

王　：yoshida @ ms16. hinet. netですね。

吉田：そうです。

王　：じゃ、Eメールで連絡致します。

吉田：はい、お願い致します。

王　：吉田小姐，這是今年很受歡迎的型呦！

吉田：是這樣子的啊！那樣品什麼時候可以好呢？

王　：下星期就可以好了。但是，顏色有紅色跟藍色，
哪一個顏色好呢？

吉田：嗯，藍色比較好。

王　：我了解了。

吉田：這是我的e-mail地址。

王　：是yoshida@ms16.hinet.net嗎？

吉田：沒錯。

王　：那麼，我會用e-mail
跟您連絡。

吉田：那就拜託您了。

語彙（一）

序號	日文假名	重音	日文漢字／外來語語源	中文意思
1	しょうひん	1	商品	商品
2	もの	0/2	物	物
3	こうちゃ	0	紅茶	紅茶
4	いろ	2	色	顏色
5	Eメール	3	e-mail	電子郵件
6	スタイル	2	style	樣式
7	にんき	0	人気	人氣；聲望
8	やすい	2	安い	便宜的
9	たかい	2	高い	貴的
10	あかい	0	赤い	紅色的
11	あおい	2	青い	藍的；綠的

置(お)き換(か)え練習(れんしゅう)

1. これ／便利(べんり)／商品(しょうひん)→これは便利(べんり)な商品(しょうひん)です。

(1) これ／特別(とくべつ)／プライス

____

(2) あれ／貴重(きちょう)／設備(せつび)

____

形容動詞「な」修飾名詞

＊ 形容動詞又稱做「な形容詞」。當其後接名詞時要加「な」來修飾。

例 丸子(まるこ)ちゃんは元気(げんき)な子供(こども)です。（小丸子是健康的小朋友。）

2. 今日(きょう)／いい／天気(てんき)→今日(きょう)はいい天気(てんき)です。

(1) これ／新(あたら)しい／機械(きかい)

____

(2) それ／難(むずか)しい／仕事(しごと)

____

形容詞「い」修飾名詞

＊ 形容詞又稱做「い形容詞」。當其後接名詞時，以「い」來修飾。

例 これは悪(わる)い例(れい)です。（這是不好的例子。）

3. この製品(せいひん)は丈夫(じょうぶ)です。→ この製品(せいひん)は丈夫(じょうぶ)ではありません。

(1) 東京(とうきょう)は賑(にぎ)やかです。

____

(2) 土曜日(どようび)は暇(ひま)です。

____

4. この値段(ねだん)は高(たか)いです。→ この値段(ねだん)は高(たか)くないです。

(1) この問題(もんだい)は易(やさ)しいです。

____

(2) その条件(じょうけん)は悪(わる)いです。

____

な形容詞與い形容詞的否定表現

1. な形容詞的否定是將「～です」改成「～ではありません」

例 鈴木さんは親切です。→ 鈴木さんは親切ではありません。
（鈴木先生是親切的。→ 鈴木先生不親切。）

＊ 其口語表現為否定也可將「～ではありません」改成「～じゃありません」

例 鈴木さんは親切ではありません。
鈴木さんは親切じゃありません。

2. い形容詞的否定是將語尾的「い」改成「く」加「ない」，若要表現禮貌可再加「です」

例 クレヨン新ちゃんは賢いです。→ クレヨン新ちゃんは賢くないです。
（蠟筆小新很聰明。→ 蠟筆小新不聰明。）

＊ 此外也可改成將語尾的「い」改成「く」加「ありません」。

例 クレヨン新ちゃんは賢くないです。
クレヨン新ちゃんは賢くありません。

【例外】

形容詞「いい」的否定要用同義詞「よい」來變化，變成「よくない」或「よくありません」。

例 この契約はいいです。→ この契約はいくないです。（×）
この契約はよくないです。（○）
この契約はよくありません。（○）

5. 紅茶(こうちゃ)／コーヒー／いい（紅茶(こうちゃ)）

→紅茶(こうちゃ)とコーヒーとどちらがいいですか。

…紅茶(こうちゃ)の方(ほう)がいいです。

(1) 今週(こんしゅう)／来週(らいしゅう)／暇(ひま)（来週(らいしゅう)）

____

(2) A工場(こうじょう)／B工場(こうじょう)／近(ちか)い（B工場(こうじょう)）

____

AとBとどちらが～（い形容詞／な形容詞）。比較、選擇

＊「と」為「和、跟」之意，「どちら」為二擇一之疑問不定稱表現，表示「哪一個」之意。而疑問後面用助詞「が」表「未知」。因此，整個句型的意思就是「A和B哪一個較～」之意。而回答時以「～の方が～」或「～が～」即可，表示「～的那一方比較～」。

例 Aコースとそコースとどちらが高(たか)いですか。

…Aコースの方(ほう)が高(たか)いです。＝Aコースが高(たか)いです。

（A餐跟B餐哪一個比較貴呢？…A餐比較貴。）

6. ボールペン／書きます→ボールペンで書きます。

(1) カード／支払います

____

(2) 速達／発送します

____

～で～ます。(以～方式做～)

＊ 助詞「で」表工具、方法、手段。意為「以（用）～方法～」。

例 Eメールで連絡します。（用e-mail連絡。）

7. レポート／来週（らいしゅう）／できます → レポートは来週（らいしゅう）できます。

レポート／二十五日（にじゅうごにち）／できます → レポートは二十五日（にじゅうごにち）にできます。

(1) 新品（しんぴん）／五月（ごがつ）／できます

____

(2) コピー／すぐ／できます

____

(3) 通関（つうかん）の手続（てつづ）き／来月（らいげつ）の十二日（じゅうににち）／できます

____

(4) 修理（しゅうり）／午後（ごご）／できます

____

～できます。（可完成～）

＊「できます」為能力動詞，代表會～、能夠～，此外尚有完成～工作之意。本課中練習的是表完成的「できます」。其前面基本上直接放時間副詞，中間不加任何的助詞。但是當有確切的時間時，如幾點、幾號等，簡言之，就是有數字出現時，其前面要加上表固定時間的助詞「に」。意為「在～時間可完成」。

例 1. この仕事は今晩できます。（這個工作今天晚上可完成。）
2. この仕事は11時にできます。（這個工作在11點可完成。）

＊動詞的時態

現在肯定	現在否定	過去肯定	過去否定
発送します	発送しません	発送しました	発送しませんでした
できます	できません	できました	できませんでした
書きます	書きません	書きました	書きませんでした
帰ります	帰りません	帰りました	帰りませんでした

語彙（二）

序號	日文假名	重音	日文漢字／外來語語源	中文意思
1	せつび	1	設備	設備
2	てんき	1	天気	天氣
3	きかい	2	機械	機械
4	しごと	0	仕事	工作
5	せいひん	0	製品	製品
6	もんだい	0	問題	問題
7	じょうけん	3	条件	條件
8	そくたつ	0	速達	快遞
9	レポート	2	report	報告
10	しんぴん	0	新品	新品
11	つうかん	0	通関	通關
12	てつづき	2	手続き	手續；程序
13	しゅうり	1	修理	修理
14	プライス	2	price	價格
15	メーカー	1	maker	製造商；製造者
16	ボールペン	0	ball pen	原子筆
17	カード	1	card	卡
18	とくべつ	0	特別	特別；格外
19	きちょう	0	貴重	貴重
20	ひま	0	暇	空閒；餘暇
21	いい	1	良い	好的
22	わるい	2	悪い	不好的

序號	日文假名	重音	日文漢字／外來語語源	中文意思
23	あたらしい	4	新しい	新的
24	むずかしい	0/4	難しい	難的
25	やさしい	0/3	易しい	容易的
26	ちかい	2	近い	近的
27	すぐ	1		馬上
28	しはらいます	5	支払います	付款；支付
29	はっそうします	6	発送します	發送；寄送
30	できます	3	出来ます	能夠；會～

書信 Eメール

CD1-33

拝啓　先週の御来訪、どうもありがとうございました。

さて[1]、サンプル（No.123）ができましたので、今日速達にて[2]発送いたしました。ご査収下さいますようお願い致します。

敬具

敬啓者：

上週非常感謝您的來訪。您的貨號123的樣品已經完成了，我們用今天的快捷郵件為您寄出去了。敬請查收。

謹啓

說明

1. さて：用於切入主題時。

2. ～にて：與表方法的「で」同意。意思為「用～方式」。

注意：正式的書信中，漢字上是不標假名的。詳細請參考91頁。

知っておくと便利です

商業書信的構成

1. 前付　：発信番号（發文字號）、日付（日期）、宛名（收信人姓名）、発信者名（發信人姓名）
2. 前文　：件名（主題）、頭語（起語）、あいさつ語（招呼語）
3. 本文　：本文（本文）
4. 末文　：末文（末文）、結語（結尾語）
5. 副文　：記（記要）、追伸（附註）、添付書類（附件）

＊ 例文

台発第１２３号→（発信番号）
2005年5月15日→（日付）

大阪工業株式会社
　企画課長　鈴木一朗　殿→（宛名）

台湾貿易有限公司
業務主任　王小明→（発信者名）

サンプルの送付について→（件名）

拝啓　貴社いよいよ御繁盛のこととお喜び申し上げます。
＿＿＿＿＿＿＿＿＿＿＿。
＿＿＿＿＿＿＿＿＿＿＿＿＿＿＿＿＿＿＿＿→（頭語、あいさつ語）
さて、＿＿＿＿＿＿＿＿＿＿＿＿＿＿＿＿＿＿＿＿＿＿＿＿＿。
なお、＿＿＿＿＿＿＿＿＿＿＿＿＿＿＿＿＿＿＿＿＿。→（本文）
まずは、＿＿＿＿＿＿＿＿＿＿＿＿＿＿。→（末文）敬具→（結語）

記

1. ＿＿＿＿＿＿＿＿＿＿＿＿
2. ＿＿＿＿＿＿＿＿＿＿＿＿→（記）

追って＿＿＿＿＿＿＿＿＿＿→（追伸）
同封書類：＿＿＿＿＿＿＿＿→（添付書類）

以上

CD1-34

Step 1 教師先說明會話用例。

Step 2 三位同學一組，分別扮演櫃台人員、李小姐及木村先生。

Step 3 演練完後，教師請一至二組同學上台表演。

受付（うけつけ）：木村様（きむらさま）、どうぞこちらへ。

木村（きむら）：失礼（しつれい）します。

受付（うけつけ）：あのう、コーヒーとお茶（ちゃ）とどちらがよろしいでしょうか。

木村（きむら）：お茶（ちゃ）をお願（ねが）いします。

受付（うけつけ）：はい、かしこまりました。

李（り）　：木村（きむら）さん、これは今年（ことし）の新（あたら）しいスタイルですよ。

木村（きむら）：可愛（かわい）いですね。あのう、サンプルは来週（らいしゅう）できますか。

李（り）　：来週（らいしゅう）はちょっと難（むずか）しいですね。

木村（きむら）：そうですか。じゃ、いつできますか。

李（り）　：そうですね。あのう、サンプルについては、後（のち）ほどEメールでご連絡致（れんらくいた）します。

木村（きむら）：そうですか。あのう、これは私（わたし）のメールアドレスです。
よろしくお願（ねが）いします。

李（り）　：K826 @（アットマーク） yahoo.（ドット） com.（ドット） twですね。

木村（きむら）：はい、そうです。

李（り）　：じゃ、後（のち）ほど連絡致（れんらくいた）します。

木村（きむら）：よろしくお願（ねが）いします。

翻訳（ほんやく）

❍ 說說看（以下句子用日文要怎麼說？）

1. 這是特價。

2. 這個條件不好。

3. 請問，您今天跟明天，哪一天較有空呢？

4. 請問通關手續何時可完成呢？

5. 我會以快捷郵件為您寄上。

❍ 寫寫看

敬啓者

感謝您今天來電指教。您的貨號123的報告下星期會完成。屆時我們會用E-mail跟您連絡。請多多指教。

謹啓

SYUKUDAI

宿題

聞(き)き取(と)りの練習(れんしゅう)

CD1-35

❍ 聽寫問句，並回答。

1. Q: ________________

   A: ________________

2. Q: ________________

   A: ________________

3. Q: ________________

   A: ________________

4. Q: ________________

   A: ________________

5. Q: ________________

   A: ________________

SYUKUDAI

6

出迎え（でむかえ）

在上一課，我們學習了書寫簡易的日文商用書信，而在這一課，除了學習回覆信函之外，我們還要學習機場接機「出迎え（でむかえ）」。

文型（ぶんけい）

1. 形容動詞的過去肯定及否定的表現

この前（まえ）の箱（はこ）はとても丈夫（じょうぶ）でした。

この前（まえ）の箱（はこ）はあまり丈夫（じょうぶ）ではありませんでした。

2. 形容詞的過去肯定及否定的表現

昨日（きのう）の料理（りょうり）はとても美味（おい）しかったです。

昨日（きのう）の料理（りょうり）はあまり美味（おい）しくなかったです。

3. 希望的表現

私（わたし）は来週（らいしゅう）、工場（こうじょう）を見学（けんがく）したいです。

4. 希望的表現（語氣較緩和）

私（わたし）は工場（こうじょう）を見学（けんがく）したいと思（おも）います。

書信　Eメール

CD2-02

拝啓　8月25日付け(1)のメール、どうもありがとうございました。

さて、昨日サンプル(No. 123)が届きました。仕上げは、なかなか綺麗でした。

なお(2)、メーカーのキャパなどがよくわかりませんので、工場を見学したいと思いますが、御都合はいかがでしょうか。ご返答をくださいますようお願い致します。

敬具

敬啓者：

非常感謝您8月25日的來信。

您的貨號123的樣品已經收到了，成品做得很漂亮。再者，我們因為不清楚廠商的產能，所以想參觀一下工廠。不知您的時間上如何，麻煩請您回覆。

謹啓

說明

1. ～付け：日期的接尾語。

2. なお：接續詞，表「再者、又」之意。

語彙（一）

CD2-03

序號	日文假名	重音	日文漢字／外來語語源	中文意思
1	はこ	0	箱	箱
2	しあげ	0	仕上げ	完成；做完
3	つごう	0	都合	準備；安排
4	へんとう	0/3	返答	回覆
5	キャパ	1	capacity之省略	產能；效能
6	このまえ	3	この前	上次；之前
7	おいしい	0/3	美味しい	好吃的
8	じょうぶ	0	丈夫	堅固
9	きれい	1	綺麗	美麗
10	けんがくします	6	見学します	參觀學習
11	おもいます	4	思います	想
12	とどきます	4	届きます	到（東西送達）

置き換え練習

1. 鈴木さん／昔／綺麗
　→ 鈴木さんは昔綺麗ではありませんでした。

(1) これ／昔／人気

____

(2) この会社／昔／有名

____

(3) この近く／昔／賑やか

____

(4) 昨日の会議／大変

____

な形容動詞的過去式

＊ な形容動詞的過去肯定是將語尾的「～です」改成「～でした」。而過去否定則將「～ではありません」改成「～ではありませんでした」。

例 社長の体は丈夫でした。（老闆的身體以前很健壯。）
社長の体は丈夫ではありませんでした。
（老闆的身體以前不健壯。）

2. 昨日(きのう)の料理(りょうり)／美味(おい)しい

→昨日(きのう)の料理(りょうり)は美味(おい)しかったです。

→昨日(きのう)の料理(りょうり)は美味(おい)しくなかったです。

(1) 先週(せんしゅう)の見学(けんがく)／面白(おもしろ)い

____

(2) 昨日(きのう)のパーティ／楽(たの)しい

____

(3) このレポート／いい

____

(4) 先月(せんげつ)／忙(いそが)しい

____

い形容詞的過去式

＊ い形容詞的過去肯定是將語尾的「～い」改成「～かった」。而過去否定則是將「～くない」改成「～くなかった」。

例 この前（まえ）のやり方（かた）は悪（わる）かったです。（上次的做法不好。）
この前（まえ）のやり方（かた）は悪（わる）くなかったです。（上次的做法沒有不好。）

【例外】

＊ 形容詞「いい」的變化都要用同義詞「よい」來變化，因此，過去肯定是「よかった」，而過去否定是「よくなかった」。

例 これはいいですね。→ これはいかったですね。　（×）
これはよかったですね。　（○）
これはよくなかったですね。（○）

3. 私(わたし)は来週(らいしゅう)、工場(こうじょう)を見学(けんがく)します。

→ 私(わたし)は来週(らいしゅう)、工場(こうじょう)を見学(けんがく)したいです。

(1) 私(わたし)は明日(あした)、御社(おんしゃ)を訪問(ほうもん)します。

____

(2) 私(わたし)は日本語(にほんご)を勉強(べんきょう)します。

____

4. 私(わたし)は鈴木社長(すずきしゃちょう)と打(う)ち合(あ)わせします。

→ 私(わたし)は鈴木社長(すずきしゃちょう)と打(う)ち合(あ)わせしたいと思(おも)います。

(1) 私(わたし)は来月(らいげつ)帰(かえ)ります。

____

(2) 私(わたし)は田中課長(たなかかちょう)と話(はな)します。

____

希望助動詞～たい

＊將動詞的「～ます」去掉改成「～たい」便是希望表現。意為「想要～」之意。

例 私は旅行します。→私は旅行したいです。

（我要去旅行。→我想去旅行。）

＊另外，在希望助動詞之後再加上「～と思います」時，意思也是「希望、想要」，但是語氣較為緩和，因為「思います」為個人的看法之表現，意為「我認為～」，而「～と」為引用表現，引用所認為的內容，所以「たい」加上「～と思います」有「我個人是希望能～」之意。

例 私は鈴木さんと相談します。（我要和鈴木先生談。）

→ 私は鈴木さんと相談したいです。（我想要和鈴木先生談。）

→ 私は鈴木さんと相談したいと思います。

（我個人是希望能和鈴木先生談一談。）

語彙（二）

序號	日文假名	重音	日文漢字／外來語語源	中文意思
1	むかし	0	昔	從前
2	おんしゃ	1	御社	貴公司
3	にほんご	0	日本語	日本語
4	パーティ	1	party	集會；茶會
5	おもしろい	4	面白い	有趣的；好看的(電視、電影等)
6	たのしい	3	楽しい	愉快的；快樂的
7	いそがしい	4	忙しい	忙的；忙碌的
8	ゆうめい	0	有名	有名
9	たいへん	0	大変	非常；重大；嚴重
10	ほうもんします	6	訪問します	訪問；拜訪
11	べんきょうします	6	勉強します	學習；用功
12	うちあわせします	7	打ち合わせします	商討；商量
13	ふるい	2	古い	古老的；陳舊的
14	かるい	0	軽い	輕的；輕便的

会話　出迎え

CD2-05

王　：ようこそ。吉田さん。お元気ですか。

吉田：お蔭様で(1)、元気です。

王　：あのう、そちらは佐藤さんですね。

佐藤：はじめまして、佐藤と申します。
　　　これは私の名刺です。
　　　よろしくお願い致します。

王　：いいえ、こちらこそ。この度は
　　　色々お世話になります(2)ので、
　　　どうぞ、よろしく。
　　　あのう、駐車場まで、ご案内いたしますので、どうぞこちらへ。

吉田：お願い致します。

（車で）

吉田：王さん、お仕事は忙しいでしょう(3)。

王　：ええ、先月は忙しかったんですが(4)、今月はあまり忙しくないんです。

吉田：そうですか。

王　：あのう、佐藤さん、台湾は初めてですか。

佐藤：いいえ、二回目です。去年、家族と台湾旅行をしました。

王　：どうでしたか。

佐藤：台湾料理が美味しかったです。そして、台湾の人は親切でした。

王　：そうですか。

王　：歡迎光臨，吉田小姐您好嗎？

吉田：託您的福，我很好。

王　：這位應該是佐藤小姐吧！

佐藤：初次見面，敝姓佐藤。這是我的名片，請多多指教。

王　：哪裡哪裡，這次要請您多關照。那麼我先帶兩位去停車場。請這邊走。

吉田：麻煩您了。

（在車上）

吉田：王先生工作很忙吧！

王　：上個月很忙，這個月不太忙。

吉田：是這樣子啊！

王　：佐藤先生，您是第一次來台灣嗎？

佐藤：不，是第二次了。去年曾和家人來台灣旅遊。

王　：玩得如何？

佐藤：台灣菜很好吃。而且，台灣人非常親切。

王　：是這樣子啊。

說明

1. お蔭様（かげさま）で：「お」為接頭語，表示您～，而助詞「で」表原因。整句話的意思是，託您的福，（所以）我很好。

2. お世話（せわ）になります：「お」為接頭語，表示您～，「世話（せわ）」是照顧之意。「～になります。」為成為～。整句話的意思是這次要成為您照顧的對象了。意喻，要承蒙您多關照了。

3. ～でしょう：為推測語氣，意為應該是～吧！

4. ～んですが～：「ん」為口語表現，此處表緩和語氣，意為「～的啦！」。而「が」為接續詞，表「但是」之意。

知っておくと便利です

認識航空公司

国際線

簡稱	日文讀法	中文
CI	中華航空	中華航空
CX	キャセイ航空	國泰航空
JL	日本航空	日本航空
KE	大韓航空	大韓航空
MH	マレーシア航空	馬來西亞航空
NW	ノースウエスト航空	西北航空
SQ	シンガポール航空	新加坡航空
TG	タイ国際航空	泰國航空
UA	ユナイテッド航空	聯合航空
BR	エバーエア航空	長榮航空
KA	香港ドラゴン航空	港龍航空
CA	中国国際航空	中國國際航空
MU	中国東方航空	中國東方航空
AC	エアカナダ航空	加拿大航空
QF	オーストラリア航空	澳洲航空
NZ	ニュージーランド航空	紐西蘭航空
PR	フィリピン航空	菲律賓航空

国内線

簡稱	日文讀法	中文
FAT	遠東航空	遠東航空
TNA	復興航空	復興航空
AE	華信航空	華信航空
UIA	立栄航空	立榮航空

CD2-06

Step 1 教師先說明會話用例。

Step 2 三位同學一組。一人飾接機人員陳小姐，二人扮演來台洽商的日本客人（高橋及山田）。

Step 3 分配好自己欲扮演的角色職位後做實際演練。

Step 4 演練完後，教師請一至二組同學上台表演。

陳　　　　：伊藤商事の高橋部長でいらっしゃいますか。
高橋　　　：はい、そうです。どなた様ですか。
陳　　　　：私は台北貿易の陳と申します。ようこそ。
高橋　　　：あ、どうも。初めまして、高橋と申します。どうぞよろしく。
陳　　　　：あのう、お隣の方は山田さまですね。
山田　　　：初めまして、山田と申します。このたびはいろいろお世話になりますので、どうぞよろしく。
陳　　　　：いいえ、こちらこそ、よろしく。あのう、お荷物は全部で何個でございますか。
高橋　　　：三個です。
陳　　　　：三個でございますね。じゃ、まず駐車場まで、御案内致しますので、どうぞこちらへ。
山田、高橋：お願いします。

（駐車場で）

陳　　　　：どうぞ、お乗り下さい。
山田、高橋：失礼します。

題

翻訳（ほんやく）

❍ 說說看（以下句子用日文要怎麼說？）

1. 去年的價格不好。

2. 這裡從前不熱鬧。

3. 您上個月工作忙嗎？

4. 這次要承蒙您多關照了。

5. 我希望能跟佐藤先生談一談。

❍ 寫寫看

敬啓者

非常感謝您15號的來信。因爲我們尚不清楚廠商的產能，所以想於下週至貴公司拜訪。不知您的時間上如何？麻煩請您回覆。

謹啓

SYUKUDAI

聞(き)き取(と)りの練習(れんしゅう)

CD2-07

❍ 聽對話並在空格内填入適當的答案。

1. 昨日(きのう)、男(おとこ)の人(ひと)は初(はじ)めて＿＿＿＿＿＿を食(た)べました。

   とても＿＿＿＿＿＿。

2. 男(おとこ)の人(ひと)は台湾(たいわん)は＿＿＿＿＿＿です。

3. シンガポールは＿＿＿＿＿＿です。

4. この近(ちか)くは昔(むかし)＿＿＿＿＿＿ではありませんでした。

5. 陳(ちん)さんは明日(あした)十時(じゅうじ)に山田商事(やまだしょうじ)を＿＿＿＿＿＿。

SYUKUDAI

7

こうじょうけんがく
工場見学

在這之前，我們看了樣品及去機場接到了客戶。這一課我們還是承接之前的發展，帶客戶去參觀工廠「工場へ見学に行きます」。

文型(ぶんけい)

CD2-08

1. 來去動詞

来週(らいしゅう)、日本(にほん)へ行(い)きます。

先週(せんしゅう)、日本(にほん)へ行(い)きました。

先月(せんげつ)、国(くに)へ帰(かえ)りませんでした。

来月(らいげつ)の二十五日(にじゅうごにち)に国(くに)へ帰(かえ)ります。

2. 來去的目的表現

工場(こうじょう)へ見学(けんがく)に行(い)きます。

貿易(ぼうえき)センターへ商品(しょうひん)を見(み)に行(い)きます。

3. 來去的交通工具

車(くるま)で行(い)きます。

タクシーで来(き)ます。

ＭＲＴ(エムアールティ)で帰(かえ)ります。

会話一　工場見学

CD2-09

王　：おはようございます。夕べよく眠れましたか(1)。

吉田：ありがとうございます。よく眠れました。

王　：あのう、今から工場へ見学に行きます。

吉田：工場までどのぐらい掛かりますか(2)。

王　：近いですよ。車で20分ぐらいです。

（工場で）

王　：着きました。どうぞ、お降り下さい。

吉田：失礼します。

王　：じゃ、まず生産ラインを案内しましょう。ええと、これは安全靴とヘルメットです。どうぞお使い下さい。

吉田：あ、どうもありがとう。安全が第一ですね。

王　：そうですね。

王　：早安，昨晚睡得好嗎？

吉田：謝謝關心。睡得很好。

王　：我們現在要去工廠參觀。

吉田：這裡到工廠要花多少時間呢？

王　：很近。開車大約20分鐘左右。

（在工廠）

王　：到了。請下車。

吉田：失禮了。

王　：那我先帶您去參觀生產線。這是安全鞋及安全帽。請用。

吉田：啊！謝謝。安全是最重要的。

王　：是啊！

說明

1. よく眠(ねむ)れましたか：「よく」為形容詞「よい」的副詞形，為「好好地」之意。而「眠(ねむ)れました」是「睡得著」之意。整句話的意思是「睡得好嗎？」
2. 工場(こうじょう)までどのぐらい掛(か)かりますか：「どのぐらい」是疑問表現，為「大約多少」之意。而「掛(か)かります」則為「時間或金錢的花費」。

語彙（一）

序號	日文假名	重音	日文漢字／外來語語源	中文意思
1	ぼうえきセンター	5	貿易センター	貿易中心
2	くるま	0	車	車
3	タクシー	1	taxi	計程車
4	せいさんライン	5	生産ライン	生產線
5	あんぜんぐつ	3	安全靴	安全鞋
6	ヘルメット	1/3	helmet	安全帽；鋼盔
7	よく	1	良く	好好地
8	ゆうべ	0/3	夕べ	昨晚
9	いきます	3	行きます	去
10	きます	2	来ます	來
11	ねむれます	4	眠れます	能睡覺（著）
12	かかります	4	掛かります	花費（時間、金錢）
13	つきます	3	着きます	到達（目的地）

置(お)き換(か)え練習(れんしゅう)

1. 動詞的時態

	現在（將來）		過去	
	肯定	否定	肯定	否定
去	行(い)きます	行(い)きません	行(い)きました	行(い)きませんでした
來	来(き)ます	来(き)ません	来(き)ました	来(き)ませんでした
回來	帰(かえ)ります	帰(かえ)りません	帰(かえ)りました	帰(かえ)りませんでした
睡得著(好)	眠(ねむ)れます	眠(ねむ)れません	眠(ねむ)れました	眠(ねむ)れませんでした
花費	掛(か)かります	掛(か)かりません	掛(か)かりました	掛(か)かりませんでした
到達	着(つ)きます	着(つ)きません	着(つ)きました	着(つ)きませんでした

2. 明日／工場／行きます → 明日、工場へ行きます。
先週／日本／行きました → 先週、日本へ行きました。

(1) 来週の15日に／国／帰ります

____

(2) 明日／会社／来ません

____

(3) 今朝十時に／大阪の支社／行きました

____

(4) 去年／外国／行きませんでした

____

來去的方向及地點

＊ 來去動詞有三個，分別是「行きます」「来ます」「帰ります」。而其前面為表來去方向之助詞「へ」或目的地的「に」。

例 日本へ行きます。＝日本に行きます。（去日本。）

＊ 另外，在動詞前面所放的時間之副詞可左右時態。而所表示的時間如為固定時間，通常是有確切的數字（如幾號、幾點等）出現時，須加上時間助詞「に」。

例 来週日本へ行きます。（下星期要去日本。）
先週日本へ行きました。（上個星期去了日本。）
来週の25日に日本へ行きます。（下星期二十五號要去日本。）
先週の18日に日本へ行きました。（上星期十八號去了日本。）

3. 工場(こうじょう)／見学(けんがく)／行(い)きます

→ 工場(こうじょう)へ見学(けんがく)に行(い)きます。

青葉(あおば)／台湾料理(たいわんりょうり)を食(た)べます／行(い)きます

→ 青葉(あおば)へ台湾料理(たいわんりょうり)を食(た)べに行(い)きます。

(1) サンプル室(しつ)／サンプルをもらいます／行(い)きます

____

(2) 郵便局(ゆうびんきょく)／小包(こづつみ)を送(おく)ります／行(い)きます

____

(3) 日本(にほん)／留学(りゅうがく)／行(い)きます

____

(4) 得意先(とくいさき)の店(みせ)／相談(そうだん)／行(い)きます

____

來去目的之表現

＊ 在來去動詞「行(い)きます」「来(き)ます」「帰(かえ)ります」前面的「へ」為表方向之助詞。但要表現其來去的目的時須用「に」，而「に」前面須放名詞，如果為動詞時須去掉「ます」。整句的意思為「去～地方做～事情」。

例 日本(にほん)へ留学(りゅうがく)に行(い)きます。（去日本留學。）

上野公園(うえのこうえん)へ桜(さくら)を見(み)に行(い)きます。（去上野公園賞櫻花。）

4. バス／会社／行きます→バスで会社へ行きます。

(1) リムジンバス／空港／行きます

(2) 飛行機／高雄／行きます

(3) EG123便／東京／帰りました

(4) 車／ここ／来ました

來去之交通工具

＊ 在來去動詞「行きます」「来ます」「帰ります」前面的「へ」為表方向之助詞。但要表現其來去的交通工具時須用「で」。整句的意思為「搭～去～」。

例 MRTで会社へ行きます。（搭捷運去公司。）
タクシーで家へ帰ります。（搭計程車回家。）

語彙（二）

序號	日文假名	重音	日文漢字／外來語語源	中文意思
1	くに	0	国	國家；故鄉
2	ししゃ	1	支社	分公司；分店
3	がいこく	0	外国	外國
4	こづつみ	2	小包	小包；包裹
5	ゆうびんきょく	3	郵便局	郵局
6	りゅうがく	0	留学	留學
7	とくいさき	0	得意先	顧客；老主顧
8	そうだん	0	相談	商量；協商
9	ひこうき	2	飛行機	飛機
10	くうこう	0	空港	機場
11	のうりつ	0	能率	效率
12	くみたて	0	組み立て	構造；組織
13	じどうせいぎょ	4	自動制御	自動控制
14	ぶひん	0	部品	零件；部件
15	とりつけ	0	取り付け	安裝
16	さんシフトせい	0	三シフト制	三班制
17	バス	1	bus	巴士
18	リムジンバス	5	limousine bus	接送旅客的小巴士
19	モーター	1	motor	馬達；電動機
20	パッキング	0/1	packing	包裝；塡充物
21	たかお	1	高雄	高雄（地名）
22	もらいます	4	貰います	拿；接受

会話二　出迎え

CD2-12

吉田：すみません。あれは何ですか。

王　：モーターの組み立てです。

吉田：ええ、すごいですね。

王　：ここは全部自動制御です。

吉田：あのう、仕事は三シフトですか。

王　：はい、そうです。三シフト制です。

吉田：効率はどうでしょうか。

王　：そうですね。部品の取り付けからパッキングまでは5分です。

吉田：5分？本当に効率がいいですね(*)。

吉田：抱歉，那是什麼？

王　：馬達的組裝。

吉田：咦，真是驚人。

王　：這裡全部都是由自動化機械來控制的。

吉田：請問是三班制嗎？

王　：是的，是三班制。

吉田：生產效率如何？

王　：零件的組裝到打包只要五分鐘。

吉田：五分鐘？生產效率真的很不錯。

說明

＊ 本当に効率がいいですね：「本当」為形容動詞，而形容動詞加上「に」即為副詞的形態。因此句中的「本当に」為副詞，修飾後面的「効率がいいですね」。

七ゼロ指標

日本製的產品雖貴，但是還是讓許多消費者愛不釋手，其最主要的原因就是「品質」。日本廠商也一直在生產的品質控管上精益求精。近年來更提出了以下「七ゼロ指標」。

1. 切り替えゼロ（零更換） → 多品種化（產品多樣化）
2. 在庫ゼロ（零庫存） → 問題発見（發現問題）
3. 無駄ゼロ（零浪費） → コスト削減（降低成本）
4. 不良ゼロ（零缺失） → 品質保証（品質保證）
5. 故障ゼロ（零故障） → 生産保全（確保生產）
6. 停滞ゼロ（零滯銷） → 短納期（縮短交期）
7. 災害ゼロ（零災害） → 安全第一（安全第一）

CD2-13

Step 1 教師先說明會話用例。

Step 2 三位同學一組。一人飾接機人員王小姐，一人扮演來台洽商的日本客人（高橋），一人扮演工廠廠長。

Step 3 分配好自己欲扮演的角色職位後做實際演練。

Step 4 演練完後，教師請一至二組同學上台表演。

王　　　：あ、高橋部長、ご紹介します。こちらはうちの楊工場長です。

工場長：初めまして、楊と申します。どうぞよろしく。

高橋　　：こちらこそ、よろしく。これは私の名刺です。どうぞ。

工場長：あ、どうもありがとう。

王　　　：じゃ、現場へ行きましょう。

工場長：工場の中は、安全第一ですから、安全靴とヘルメットをお使い下さい。

高橋　　：はい、わかりました。

（現場で）

王　　　：うちの工場は三シフト制です。

高橋　　：ええ、写真を撮りたいんですが、よろしいですか。

工場長：すみません。こちらは撮影禁止です。

高橋　　：そうですか。残念ですね。

王　　　：でも、あちらのパッキング作業は大丈夫ですけど。

高橋　　：じゃ、あちらで写真を撮りましょう。

どうぞよろしくお願いします。

翻訳（ほんやく）

❍ 說說看（以下句子用日文要怎麼說？）

1. 鈴木先生上個月回國了。

____

2. 我是搭EG123班機來的。

____

3. 十點要去客戶的店談事情。

____

4. 敝工場的生產效率相當地高。

____

5. 我先帶您去參觀樣品室。

____

聞き取りの練習

CD2-14

❍ 聽完會話內容之後，在下列空欄中填入適當的語詞。

1. 二人はこれから＿＿＿＿＿＿＿で＿＿＿＿＿＿＿へ行きます。
2. 鈴木部長は＿＿＿＿＿＿＿で帰ります。＿＿＿＿＿＿＿便です。
3. 男の人は＿＿＿＿＿＿＿で得意先の店へ＿＿＿＿＿＿＿に行きました。
4. ＿＿＿＿＿＿＿ですから、工場見学は厳しかったです。
5. 工場の中では、＿＿＿＿＿＿＿ですが、＿＿＿＿＿＿＿では大丈夫です。

ノート

8

値段交渉

(ねだんこうしょう)

上一課，我們帶客戶去參觀了工廠，而這一課，我們要切入商務日語的核心，去做價格及交易條件的交涉。「取引条件の交渉」(とりひきじょうけん の こうしょう)。

文型(ぶんけい)

CD2-15

1. 可能表現

これは割引(わりびき)ができます。

2. 情況條件的限定

雨(あめ)の場合(ばあい)は、中止(ちゅうし)します。

3. 意思的詢問

大量(たいりょう)ってどういう意味(いみ)ですか。

「ご注文(ちゅうもん)が200以上(いじょう)の場合(ばあい)」という意味(いみ)です。

会話　取引条件

CD2-16

王　：これは今月の価格表です。どうぞ。

吉田：東京港までの運賃保険料込み、単価は195ドルですね。

王　：ええ、でも、大量の場合は5%の値引きができます。

吉田：そうですか。大量ってどういう意味ですか。

王　：「ご注文が200以上の場合」という意味です。

吉田：そうですか。支払条件は。

王　：そうですね。取消不能信用状です。

吉田：納期は。

王　：注文後三週間以内です。

吉田：はい、わかりました。私は明日の飛行機で日本へ帰ります。

　　　それから、あさって、うちの得意先と相談します。

王　：はい、よろしくお願いします。

王　：這是這個月的價格表，請收下。

吉田：CIF東京，單價195美元是嗎？

王　：是的，不過，如果量大的話，可以享有5%的折扣。

吉田：是這樣子的啊！所謂的量大是什麼意思呢？

王　：意思是訂單量在200以上的情況下。

吉田：嗯！那付款條件呢？

王　：是不可撤銷信用狀。

吉田：那，交期呢？

王　：訂貨後三週內。

吉田：我瞭解了。我會搭明天的飛機回日本。然後，後天再跟我的客戶談。

王　：好的，麻煩您了。

語彙(ごい)(一)

序號	日文假名	重音	日文漢字	中文意思
1	わりびき	0	割引	折扣；貼現
2	ばあい	0	場合	情況；時候
3	たいりょう	0	大量	大量；多量
4	いみ	1	意味	意思；涵義
5	ちゅうもん	0	注文	訂貨；訂購
6	とりひきじょうけん	5	取引条件	交易條件
7	かかくひょう	0	価格表	價格表
8	うんちん	1	運賃	運費
9	ほけんりょう	2	保険料	保險費
10	しはらいじょうけん	5	支払条件	支付條件
11	とりけしふのうしんようじょう	0	取消不能信用状	不可撤銷信用狀
12	のうき	1	納期	繳納期、交貨期
13	ちゅうしします	5	中止します	中止
14	～こみ	1	～込み	～包含在內

置き換え練習

1. それ／修理／できます → それは修理ができます。
特値商品／割引／できません → 特値商品は割引ができません。

(1) 明日／工場見学／できます

____

(2) 来月／機械の稼動／できます

____

(3) この店／値段の交渉／できません

____

(4) 不良品／出荷／できません

____

能力表現

＊ 代表能力的可能動詞「できます」，其意為「能夠」、「可以」、「會」，相當於英文的「can」。而能力動詞前面通常用的助詞為「が」，表示「能夠」、「可以」、「會」的對象（事、物）。我們可在句子的最前方放入代表整句話的提示主語，來突顯整句話的核心。所以文型「～は～ができます。」的意思為「～會～，～可以～、～能夠～」。

例 今晩は残業ができます。（今晩可以加班。）

2. 大量／5%の割引ができます

→ 大量の場合は、5%の割引ができます。

変／すぐ止めます

→ 変な場合は、すぐ止めます。

色がいい／よく売れますよ。

→ 色がいい場合は、よく売れますよ。

(1) 体の調子が悪い／病院へ行きます

____

(2) 内装が綺麗／人気がありますよ

____

(3) 故障／仕事ができません

____

表示在「某種狀況下」之表現

「場合」，其意為「場合」、「情形」、「時候」。而其後所用的「は」只是做提示用，無義。由於其詞類為「名詞」，所以依其前面所使用的詞類不同亦有不同的接續。規則如下：

* 「い形容詞」→忙しい場合は、行きません。（如果忙的話就不去。）
* 「な形容詞」要加「な」→暇な場合は、参加します。（如果有空的話就參加。）
* 「名詞」加「の」→あなたの場合は、どうしますか。（如果換成是你，你會怎麼做呢？）

3. 大量／「ご注文は200以上の場合」

→A:大量ってどういう意味ですか。

→B:「ご注文は200以上の場合」という意味です。

(1) 天地無用／「荷物の上下を逆さにするな」

____

(2) JIS／「日本工業規格(Japanese Industrial Standard)」

____

(3) 直積／「すぐ積む(Prompt Shipment)」

____

(4) 荷印／「シッピングマーク(Shipping Mark)」

____

～ってどういう意味ですか。

＊「～って」為「～いう」之口語表現，意為「所謂的～」。整句話的意思是，「所謂的～是什麼意思呢？」。因此，答句中的「～という意味です。」便譯成、「所謂的～是指～」。此用法通常用於對專門用語等不清楚的情況下。

例　立ち入り禁止ってどういう意味ですか。

（所謂的立入禁止指的是什麼意思呢？）

→「入るな」という意味です。（指的是禁止入内之意。）

書信　試験的な注文

CD2-18

拝啓　先週どうもありがとうございました。

さて、貴社のNo. 123のオファーに対し、得意先から、かなりの数の引き合いがありました。御存知のように、市場は競争が激しいです。それで、すぐ多量の注文ができません。しかし、次の試験的な注文をしたいと思います。

A型	8	pcs	単価	195	ドル	計	ドル	1560
B型	5	pcs	単価	150	ドル	計	ドル	750
C型	6	pcs	単価	120	ドル	計	ドル	720

引渡し：2005年3月末

支払条件：取消不能信用状に基づく一覧払いの為替手形。

以上、どうぞよろしくお願い致します。

敬具

敬啓者：

上星期非常感謝您。對於貴公司No.123的報價，我們從顧客那兒得到相當多的詢商。但是誠如您所知，市場的競爭非常激烈。所以我們無法一下子立刻下大單，但是煩請貴公司為我們提供以下測試訂單商品。

A型	8	pcs	單價	US$195	合計	US$1560
B型	5	pcs	單價	US$150	合計	US$750
C型	6	pcs	單價	US$120	合計	US$720

交期：2005年3月底前

付款條件：以不可撤銷信用狀為準，簽發即期匯票

以上，麻煩您了。

謹啓

語彙（二）

序號	日文假名	重音	日文漢字／外來語語源	中文意思
1	とくね	0	特値	特價
2	かどう	0	稼動	勞動；（機器）運作
3	ねだんこうしょう	4	値段交渉	價格交涉
4	ふりょうひん	0	不良品	不良品
5	しゅっか	0	出荷	出貨
6	ちょうし	0	調子	狀態；狀況
7	ないそう	0	内装	內包裝，裝潢
8	こしょう	0	故障	故障
9	てんちむよう	1	天地無用	不可倒置（指貨物）
10	じきづみ	0	直積	立刻裝船
11	にじるし	2	荷印	貨物標記；嘜頭
12	かず	1	数	數目
13	ひきあい	0	引き合い	詢商
14	（ご）ぞんじ	2	（御）存知	您知道；您認識
15	ひきわたし	0	引渡し	交給；提交；交貨
16	いちらんばらい	5	一覧払い	即期；立刻付款
17	かわせてがた	4	為替手形	匯票
18	オファー	1	offer	提供（報價）
19	へん	1	変	變化；奇怪
20	しけんてき	0	試験的	試驗性的
21	うれます	3	売れます	暢銷；好賣

知っておくと便利です

日本報價專門用語

1. CIF(Cost Insurance and Freight)：運賃保険料込み値段
2. FOB(Free on Board)：本船渡し
3. C&F(Cost & Freight)：運賃込み値段
4. FAS(Free Alongside Ship)：船側渡し
5. CIF & C(Cost Insurance and Freight & Commission)：運賃保険料口銭込み値段

有關日本的物價

日本自從泡沫經濟（バブル）之後，一向年年昇高的物價，因多年來的不景氣（不況），而有下降的趨勢。主要原因是由於進口品持續的降價，因此，國產品也隨著自由市場的競爭而下降（値下げ）了。

CD2-20

Step 1 教師先說明會話用例。

Step 2 三位同學一組。一人飾貿易商楊先生，一人扮演來台洽商的日本客人（田中），一人扮演助理人員王小姐。

Step 3 分配好自己欲扮演的角色職位後做實際演練。

Step 4 演練完後，教師請一至二組同學上台表演。

王　：こんにちは。お茶をどうぞ。

田中：あ、どうも。

王　：あのう、これは最新の価格表です。ご参考になさって下さい。

田中：えっ、又上りましたか。

楊　：あのう、原料が上りましたので、ご了承下さい。

田中：そうですか。でも、こちらは利益がほとんどありませんが…。

楊　：え……、当社は優遇条件を提供致します。

田中：優遇条件ってどういう意味ですか。

王　：はい、これです。毎月の平均出荷量は三千個以上の場合、10%の値引きができます。

楊　：価格調整前より安いですよ。

田中：そうですか。わかりました。じゃ、検討致します。

翻訳（ほんやく）

❍ 說說看（以下句子用日文要怎麼說？）

1. 這已經是特價了，無法再折扣了。

2. 如果顏色漂亮的話會很受歡迎的。

3. 「？」指的是什麼意思呢？

4. 誠如您所知，市場競爭非常的激烈。

5. 敝公司提供您優惠的條件。

❍ 寫寫看

敬啓者

昨天非常感謝您。由於此商品在市場上的競爭非常激烈，所以我們無法一下子立刻下大單，但是煩請貴公司爲我們提供以下測試訂單商品。

A型　3　pcs　單價　US$100　合計US$300

B型　2　pcs　單價　US$150　合計US$300

交期：2005年3月底前

付款條件：以不可撤銷信用狀爲準，簽發即期匯票

以上，麻煩您了。

謹啓

聞(き)き取(と)りの練習(れんしゅう)

CD2-21

❍ 一邊聽會話內容一邊在下列空欄中填入適當的語詞。

1. どうして値段(ねだん)が上(あ)がりましたか。

　______________が上(あ)がりましたから。

2. 五万(ごまん)ドル以上(いじょう)の場合(ばあい)、______________パーセントの値引(ねび)きができます。

3. 優遇条件(ゆうぐうじょうけん)は______________前(まえ)より5パーセント安(やす)いです。

4. 田中課長(たなかかちょう)はすぐには返答(へんとう)できません。

　______________と相談(そうだん)してから、返答(へんとう)します。

5. この商品(しょうひん)は______________が激(はげ)しいです。

9

船積（ふなづ）み

經過了一番交涉終於要裝船了。本課除了學習如何發裝船通知（船積（ふなづ）み通知（つうち））信函外，另外要學習動詞的變化。

文型(ぶんけい)

1. て形(けい)

	ます形(けい)	て形(けい)
Ⅰ五段活用動詞(ごだんかつようどうし)	書(か)きます 急(いそ)ぎます （特例(とくれい)）行(い)きます	書(か)いて 急(いそ)いで 行(い)って
	飲(の)みます 死(し)にます 呼(よ)びます	飲(の)んで 死(し)んで 呼(よ)んで
	待(ま)ちます 買(か)います 帰(かえ)ります	待(ま)って 買(か)って 帰(かえ)って
	話(はな)します	話(はな)して
Ⅱ上下一段動詞(かみしもいちだんどうし)	ます形(けい)	て形(けい)
	食(た)べます 寝(ね)ます	食(た)べて 寝(ね)て
	降(お)ります 見(み)ます	降(お)りて 見(み)て
Ⅲ変格動詞(へんかくどうし)	ます形(けい)	て形(けい)
	来(き)ます	来(き)て
	します 紹介(しょうかい)します	して 紹介(しょうかい)して

2. 現在進行式

前田さんは今、会議をしています。(一般表現)

私は今、会議をしております。(謙遜表現)

山下先生は今、会議をしていらっしゃいます。(尊敬表現)

3. 目前的狀態

この商品はよく売れています。(一般表現)

私は台北に住んでおります。(謙遜表現)

山下先生はどちらに住んでいらっしゃいますか。(尊敬表現)

4. 動詞中止形表現

現場へ行って、現状を見ます。

書信　船積み通知の手紙（裝船通知信）

CD2-23

拝啓　貴注文No.123の件に関しまして、当社は船積みしましたことをお知らせ致します。

荷印：　TW
TOKYO
C/#1-3

ケース番号：3

各ケースの重量：80kg

各ケースの寸法：1.8m×0.8m×1.8m

なお、当社は台北の華南商業銀行を通じて、商業送り状、保険証明書及び無故障海上船荷証券をお送り致します。

以上、どうぞよろしくお願い致します。

敬具

敬啓者

關於貴公司的訂單No.123，敝公司已裝船完畢，謹此通知。

嘜頭：TW
TOKYO
C/ # 1-3

箱號：No.3

各箱重量：80公斤

各箱尺寸：1.8m×0.8m×1.8m

敝公司會透過台北的華南商業銀行為您寄上商業發票、保險單，以及清潔提單。

以上，請多多指教。

謹啓

語彙（ごい）（一）

序號	日文假名	重音	日文漢字／外來語語源	中文意思
1	げんば	0	現場	現場；工地
2	げんじょう	0	現状	現狀
3	ふなづみ	0	船積み	裝船（貨）
4	つうち	0	通知	通知；告知
5	どうしゃ	1	当社	本公司
6	じゅうりょう	3	重量	重量
7	すんぽう	0	寸法	尺寸；長短
8	しょうぎょうおくりじょう	0	商業送り状	商業發票
9	ほけんしょうめいしょ	0	保険証明書	保險證明書
10	むこしょうかいじょうふなにしょうけん	2、12	無故障海上船荷証券	清潔提單
11	ケースばんごう	4	Case番号	箱號
12	～けん	1	件	件（事情）
13	すみます	3	住みます	住
14	かんします	4	関します	關於

置き換え練習

1. 来週／工場へ行きます／実習します
   → 来週工場へ行って実習します。
   先月／お客様と相談しました／契約を結びました
   → 先月お客様と相談して契約を結びました。

(1) 明日／鈴木社長に会います／食事します

____

(2) 来月／日本からエンジニアが来ます／一緒に現場を見ます

____

(3) これから／納期を守ります／出荷します

____

(4) 去年／この商品の代理権をもらいました／台湾で販売を始めました

____

(5) 先週／間違いを直しました／速達便でお送りしました

____

動詞中止形的表現～て·～て…ます／ました

＊ 運用動詞的中止形表現「て」，可將兩個或兩個以上的句子連接起來。但是要注意的是，最後還是須依時態以「ます」或「ました」等來將句子結束。

＊ 另，先發生的動作須先表現，亦即須以動作發生的時間先後來呈現。

例　コンピュータを付けます。メールボックスをチェックします。

→コンピュータを付けて、メールボックスをチェックします。

（打開電腦，檢查郵件。）

2. 山田(やまだ)さん／あそこ／電話(でんわ)をします

→ 山田(やまだ)さんは今(いま)あそこで電話(でんわ)をしています。

(1) 鈴木(すずき)さん／隣(となり)のレストラン／食事(しょくじ)します

____

(2) 鬼塚課長(おにづかかちょう)／会議室(かいぎしつ)／お客様(きゃくさま)と話(はな)します

____

私(わたし)／コンピュータ室(しつ)／資料(しりょう)を調(しら)べます。

→ 私(わたし)は今(いま)コンピュータ室(しつ)で資料(しりょう)を調(しら)べております。

(3) 鈴木(すずき)／会場(かいじょう)／手伝(てつだ)います

____

(4) 私(わたし)／倉庫(そうこ)／在庫量(ざいこりょう)を確(たし)かめます

____

森谷教授(もりたにきょうじゅ)／研究室(けんきゅうしつ)／本(ほん)を読(よ)みますか。

→ 森谷教授(もりたにきょうじゅ)は今(いま)研究室(けんきゅうしつ)で本(ほん)を読(よ)んでいらっしゃいますか。

(5) 鈴木(すずき)／会場(かいじょう)／手伝(てつだ)います

____

(6) 御社(おんしゃ)の池田(いけだ)さん／サンプル室(しつ)／サンプルを見(み)ます

____

動詞現在進行式的表現～ています。

＊ 動詞的「て形」的衍生句型「～ています」是表示現在正在進行的動作。通常會在主語的後面放置時間副詞「今」。而「～ております」為「～ています」的謙虛表現，要注意的是，當人稱代名詞如果為我方人物時，稱謂「～さん」需省略。另，「～ていらっしゃいます」為「～ています」的尊敬表現。

例 Eメールを見ます。（要看電子郵件。）

→ 吉本さんは今、Eメールを見ています。
（吉本小姐現在正在看電子郵件。）

→ 私は今、Eメールを見ております。（我現在正在看電子郵件。）

→ お客様は今、Eメールを見ていらっしゃいます。
（客人現在正在看電子郵件。）

3. 浜崎(はまさき)さん／喜(よろこ)びます→浜崎(はまさき)さんは喜(よろこ)んでいます。

(1) IMB 商社(しょうしゃ)／去年(きょねん)からARC 商事(しょうじ)と提携(ていけい)します

(2) 日光電気(にっこうでんき)／朝日電気(あさひでんき)を訴(うった)えます

こちら／満足(まんぞく)します。→こちらは満足(まんぞく)しております。

(3) 弊社(へいしゃ)／自社(じしゃ)の品質(ひんしつ)に自信(じしん)を持(も)ちます

(4) うちの工場(こうじょう)の原料(げんりょう)／東南(とうなん)アジアから輸入(ゆにゅう)します

御社(おんしゃ)の製品(せいひん)／どちらへ売(う)りますか

→ 御社(おんしゃ)の製品(せいひん)はどちらへ売(う)っていらっしゃいますか。

(5) 井上社長(いのうえしゃちょう)／どのホテルに泊(とま)りますか。

(6) 豊田会長(とよたかいちょう)／既(すで)に定年退職(ていねんたいしょく)をします。

目前的狀態～ています。

動詞的「て形」的衍生句型「～ています」除了表示現在正在進行的動作外，尚可表示動作在過去的某一個時點發生之後其狀態依然持續。比方說，在去年結婚了，而目前是已婚的狀態。

(去年結婚しました。→もう結婚しています。)

而其也可因應實況的需要做謙虛及尊敬的表現，舉例如下：

例 東京に住みます。（要居住在東京。）

→ 深田さんは東京に住んでいます。（深田先生目前住在東京。）

→ 私は東京に住んでおります。（我目前住在東京。）

→ 松下社長は東京に住んでいらっしゃいます。

（松下社長目前住在東京。）

語彙（二）

序號	日文假名	重音	日文漢字／外來語語源	中文意思
1	だいりけん	3	代理権	代理權
2	となり	0	隣	鄰居；旁邊
3	しりょう	0/1	資料	資料
4	かいじょう	0	会場	會場
5	そうこ	1	倉庫	倉庫
6	ざいこりょう	3	在庫量	存貨量
7	けんきゅうしつ	3	研究室	研究室
8	じしん	0	自信	自信
9	げんりょう	3	原料	原料
10	けいやく	0	契約	契約；合同
11	レストラン	1	restaurant	餐廳
12	ロビー	1	lobby	大廳；走廊
13	きびしい	3	厳しい	嚴格的；嚴重的
14	せいしき	0	正式	正式；正規
15	てつだいます	5	手伝います	幫忙；幫助
16	もちます	3	持ちます	拿
17	うります	3	売ります	賣
18	よろこびます	5	喜びます	喜悅；高興
19	つけます	3	付けます	安裝；插上
20	あわせます	4	合わせます	配合；搭配
21	さげます	3	下げます	降低；降下
22	しらべます	4	調べます	調查；審查
23	うったえます	5	訴えます	訴訟；控告

序號	日文假名	重音	日文漢字／外來語語源	中文意思
24	たしかめます	5	確かめます	確認；查明
25	ていけいします	6	提携します	合作；攜手
26	じっしゅうします	6	実習します	實習
27	まんぞくします	1	満足します	滿足
28	ていねんたいしょくします	5	定年退職します	退休

会話 正式（せいしき）なオーダー（正式訂單） CD2-26

王（おう）：この前（まえ）のテストオーダーはどうでしたか。

吉田（よしだ）：こちらはとても満足（まんぞく）しております。

王（おう）：それはよかったですね。あのう、正式（せいしき）なオーダーはもうお決（き）めになりましたか。

吉田（よしだ）：こちらも早（はや）く決（き）めたいですが、値段（ねだん）と支払条件（しはらいじょうけん）はちょっと厳（きび）しいですね。

王（おう）：でも、この商品（しょうひん）は日本（にほん）でよく売（う）れていますよ。

吉田（よしだ）：それはそうですけど…。

王　：之前的測試訂單如何？

吉田：我們很滿意。

王　：那真是太好了。那，請問正式的訂單已經決定了嗎？

吉田：我們也是想早一點決定，但是價格及付款條件有點嚴苛。

王　：可是這個商品在日本賣得很好。

吉田：話是沒錯，但是……。

知っておくと便利です

簽約（契約を結ぶ）

商談到了一個階段接著就是簽約。以下是一般簽約的步驟：

賣方（売り方）

> 製成買賣契約
> （売買契約作成）

↓

雙方確認契約内容（合意した条件を確認する）

> 確認項目:
> 品名、品質規格、数量、総額、支払条件、
> 納期、包装、違約金、仲裁期間等。

↓

彼此意見相符時進入正式簽署程序

↓

> サイン

裝船（船積み）

簽完約後依買方的裝船指示選擇適當之船期準備出貨。

買方（買い方）

> 裝船指示（船積み指図書）

↓

裝完船後將裝船通知(B/L)立刻傳給買方，並將文件寄給買方。

> 裝船通知的主要項目:
> 商業發票:（商業送り状）Invoice
> 提單影本:（船荷証券の写し）B/L
> 包裝明細:（包装明細書）
> 重量容積證明書:（重量容積証明書）
> 原產地證明書:（原産地証明書）

CD2-27

Step 1 教師先說明會話用例。

Step 2 二位同學一組。一人飾賣方劉總經理，一人扮演買方岩見部長。

Step 3 分配好自己欲扮演的角色職位後做實際演練。

Step 4 演練完後，教師請一至二組同學上台表演。

劉　：これから、本契約の項目を見て、一つ一つ確認しましょう。

岩見：ええ、そうしましょう。

劉　：品名はライター。規格は3ｃｍ×2ｃｍ×1ｃｍ。数量は三箱（一箱200pcs）。ＣＩＦ横浜、総額は15000ドル。納期は12月まで一回で全量積み(1)となっています。以上で間違いありませんね。

劉　：支払いは取消不能L／Cですね。

岩見：はい、そのとおりです。

劉　：包装はバス積み(2)ですね。

岩見：はい、そうです。

劉　：それでは、こちらは資料を整理して、契約をタイプします、明日の午後サインしましょう。

岩見：はい、わかりました。

補充說明

1. 一回で全量積み：一次裝運
2. バス積み：散裝

翻訳（ほんやく）

❍ 說說看（以下句子用日文要怎麼說？）

1. 這個商品在美國賣得很好。

2. 請問您人已經在大廳等了嗎？

3. 下午我要去客戶那兒簽約。

4. 敝公司目前是從泰國進口原料。

5. 野田先生現在正在用餐。

宿題

○ 寫寫看

敬啓者

關於貴公司訂的五百個打火機，敝公司已裝船完畢，謹此通知。

嘜頭：TW
NAGOYA
C/# 1-5
各箱重量：10公斤
各箱尺寸：1.8m×0.8m×1.8m

敝公司會透過台北的華南商業銀行爲您寄上商業發票、保險單，以及清潔提單。

以上，請多多指教。

謹啓

聞き取りの練習

CD2-28

❍ 聽完會話內容之後，在下列空欄中填入適當的語詞。

1. 今日は＿＿＿＿＿＿へ行って、現場の人と＿＿＿＿＿＿て、それから食事します。

2. 女の人はこれから＿＿＿＿＿＿を呼びます。

3. 鬼塚さんは今鈴木さんと＿＿＿＿＿＿ています。

4. 林課長は先週日本へ行って＿＿＿＿＿＿をもらいました。

5. 山本社長は席を＿＿＿＿＿＿ていらっしゃいます。

ノート

10 誘う（さそ）

企業為謀求永續經營，必須不斷地滿足顧客的需求。因此新產品的開發是不可或缺的。這一課我們有一場新商品發表會（新商品発表会（しんしょうひんはっぴょうかい））要來邀請大家一起來參與。

文型(ぶんけい)

1. 辞書形(じしょけい)

	ます形(けい)	辞書形(じしょけい)
I 五段活用動詞(ごだんかつようどうし)	書(か)きます 急(いそ)ぎます	書(か)く 急(いそ)ぐ
	飲(の)みます 死(し)にます 呼(よ)びます	飲(の)む 死(し)ぬ 呼(よ)ぶ
	待(ま)ちます 買(か)います 帰(かえ)ります	待(ま)つ 買(か)う 帰(かえ)る
	話(はな)します	話(はな)す
II 上下一段動詞(かみしもいちだんどうし)	**ます形(けい)**	**辞書形(じしょけい)**
	食(た)べます 寝(ね)ます	食(た)べる 寝(ね)る
	降(お)ります 見(み)ます	降(お)りる 見(み)る
III 変格動詞(へんかくどうし)	**ます形(けい)**	**辞書形(じしょけい)**
	来(き)ます	来(く)る
	します 紹介(しょうかい)します	する 紹介(しょうかい)する

2. 形式代名詞

趣味は歌を歌うことです。

家族と一緒に旅行するのは楽しいです。

音楽を聞くのが好きです。

電気を消すのを忘れました。

3. 狀態、事態轉變的結果

木村さんは病気になりました。

鈴木さんは元気になりました。

鈴木さんは美しくなりました。

新商品発表会を開催することになりました。

4. 徵求許可

このカタログをもらってもいいですか。(一般表現)

このカタログをもらってもいいでしょうか。(丁寧表現)

書信　招待状（しょうたいじょう）

CD2-30

拝啓（はいけい）　当社（とうしゃ）は今年（ことし）の新商品発表会（しんしょうひんはっぴょうかい）を下記（かき）のとおり、開催（かいさい）することになりましたので、御案内申（ごあんないもう）し上（あ）げます。

御多忙中大変恐縮（ごたぼうちゅうたいへんきょうしゅく）ですが、ぜひ御参加下（ごさんかくだ）さいますようお願（ねが）い致（いた）します。

敬具（けいぐ）

記（き）

日時（にちじ）　：2005年（ねん）10月（がつ）25日午後二時（にちごごにじ）

会場（かいじょう）　：ホテル丸山二階（まるやまにかい）

以上（いじょう）

敬啓者：

敝公司今年的新商品發表會將於下記日期舉行。

希望閣下您能在百忙之中撥空参加。

時間：2005年10月25日下午2:00

會場：圓山飯店二樓

謹啓

語彙（一）

CD2-31

序號	日文假名	重音	日文漢字	中文意思
1	でんき	1	電気	電；電燈
2	うた	2	歌	歌曲；詩歌
3	びょうき	0	病気	疾病；生病
4	しんしょうひんはっぴょうかい	3、9	新商品発表会	新商品發表會
5	しょうたいじょう	0	招待状	邀請函
6	かき	1	下記	下列
7	ごたぼうちゅう	0	御多忙中	您繁忙中；百忙當中
8	きょうしゅく	0	恐縮	惶恐；不好意思
9	さんか	0	参加	參加
10	にちじ	1	日時	日期和時間
11	～のとおり		～の通り	如～所示
12	うつくしい	4	美しい	美麗的
13	ぜひ	1	是非	務必；一定
14	さそう／さそいます	0/4	誘う／誘います	勸誘；邀請
15	うたう／うたいます	0/4	歌う／歌います	唱
16	きく／ききます	0/3	聞く／聞きます	聽；問
17	なる／なります	1/3	成る／成ります	完成；成爲；變成
18	けす／けします	0/3	消す／消します	關掉
19	わすれる／わすれます	0/4	忘れる／忘れます	忘記
20	もうしあげる／もうしあげます	0/5、6	申し上げる／申し上げます	說；提及（謙讓語）
21	りょこうする／りょこうします	0/5	旅行する／旅行します	旅行
22	かいさいする／かいさいします	0/6	開催する／開催します	舉辦

置き換え練習

1. 趣味／歌を歌います → 趣味は歌を歌うことです。

(1) 趣味／映画を見ます

____

(2) 趣味／インターネットをします

____

この質問に答えます／難しい
→ この質問に答えるのは難しいです。

(3) 家族と一緒に旅行します／幸せ

____

(4) タバコを吸います／体に悪い

____

音楽を聞きます／好き → 音楽を聞くのが好きです。

(5) 納豆を食べます／嫌い

____

(6) 仕事をします／好き

____

電話をします／忘れました → 電話をするのを忘れました。

(7) 連絡します／忘れました

____

(8) 明日会議があります／知っていますか

____

形式代名詞的表現

＊ 定義：形式上的代名詞。簡單而言就是將各種詞類名詞化。

＊ 表現：以「こと」來表示，或直接以「の」來代替前面的語詞。而所取代的語詞須先變化成辭書形（原型）。

＊ 變化例：遊びます→遊ぶ＋「こと」或「の」（遊玩這件事情）〔將動詞名詞化〕

例 1. 文型「～は～です」：

趣味／ピアノを弾きます→趣味はピアノを弾くことです。

（興趣是彈琴〔這件事〕）

彼氏と一緒にいます／楽しい→彼氏と一緒にいることは楽しいです。

（跟男朋友在一起〔這件事〕是快樂的）

2. 文型「～が～です。」（好惡表現）

料理を作ります／好き

→ 料理を作ることが好きです。 ＝ 料理を作るのが好きです。

（喜歡做菜〔這件事〕）

3. 文型「～を～ます。」

明日試験があります／知っていますか

→ 明日試験があることを知っていますか。

＝ 明日試験があることを知っていますか。

（知道明天要考試〔這件事〕嗎？）

2. 当社／今年創業25年
→ 当社は今年創業25年になりました。

(1) 田中さん／部長

____

社長／元気 → 社長は元気になりました。

(2) 会社／有名

____

競争／激しい → 競争は激しくなりました。

(3) 値段／安い

____

来月から上海支社へ／赴任します。
→ 来月から上海支社へ赴任することになりました。

(4) 三重工業とKGBが提携します。

____

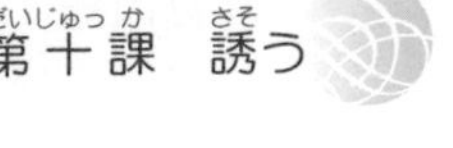

狀態變化結果～に／くなりました。

＊「～なりました」其意為變成～、結果變得要～。意為原本不是這樣，是經過變化後才變成目前的狀態，且此變化為一自然形成的狀態。

＊在接續方面，各詞類的變化方式如下：

＊變化例：

例 1. 名詞／形容動詞～になりました。

杜さんは正社員になりました。

（杜先生成為正式職員了。）

恵美ちゃんは綺麗になりました。

（小恵美變漂亮了。）

2. 形容詞い→くなりました

天気がよくなりました。

（天氣變好了。）（*いい＝よい）

3. 動詞→ことになりました。

日本へ行くことになりました。

（結果要去日本了。）

事態變化結果～ようになりました。

＊動詞加上了「～よう」表示事態逐漸地演變，而「～になりました」為結果。因此整個句型的意思是「結果要～」。在接續方面，由動詞的辭書形來做接續。

例 日本へ行くようになりました（結果要去日本了。）

3. このカタログをもらいます

→ このカタログをもらってもいいですか。

(1) タバコを吸(す)います

____

(2) この箱(はこ)を開(あ)けます

____

今(いま)から御社(おんしゃ)へ伺(うかが)います

→ 今(いま)から御社(おんしゃ)へ伺(うかが)ってもいいでしょうか。

(3) 合席(あいせき)をします

____

(4) お皿(さら)を下(さ)げます

____

徵求對方的許可～てもいいですか。

＊ 欲徵詢對方的許可時所使用的句型，意為「我可以～做嗎？」。

＊ 「～ても」意為「即使、縱然～做」，而「いいですか」則意為「可以嗎？」。因此，此句型的原意是「縱然我如此做～也可以嗎？」。而在接續方面，則須先變化成「て形」。

＊ 另，「いいでしょうか」與「いいですか」意思相同，但是較為客氣些。

例 この新聞(しんぶん)を読(よ)みます。

→ この新聞(しんぶん)を読(よ)んでもいいですか。（我可以看這份報紙嗎？）

＝ この新聞(しんぶん)を読(よ)んでもいいでしょうか。（較客氣的問法。）

語彙（二）

CD2-32

序號	日文假名	重音	日文漢字／外來語語源	中文意思
1	しつもん	0	質問	質問
2	からだ	0	体	身體
3	なっとう	3	納豆	納豆
4	まち	2	町	鎮；城鎮
5	おさら	0	お皿	碟子；盤子
6	しんはつばい	3	新発売	新上市
7	インターネット	5	internet	網際網路
8	しあわせ	0	幸せ	幸福的
9	このたび	2	この度	此次（回）
10	よくいらっしゃいました	1、8		非常歡迎；來得好
11	うかがう／うかがいます	0/5	伺う／伺います	拜訪
12	あける／あけます	0/3	開ける／開けます	打開
13	こたえる／こたえます	3/4	答える／答えます	回答
14	さげる／さげます	2/3	下げる／下げます	降低；撤下
15	がっぺいする／がっぺいします	0/6	合併する／合併します	合併
16	あいせきする／あいせきします	0/6	合席する／合席します	坐在一起；共桌

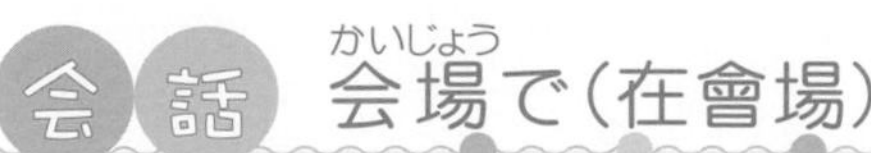

会話 会場（かいじょう）で（在會場）

CD2-33

王（おう）：よくいらっしゃいました。このたび、いろいろお世話（せわ）になりまして、本当（ほんとう）にありがとうございました。

吉田（よしだ）：いいえ、こちらこそ。

王（おう）：さあ、どうぞこちらへ。御案内致（ごあんないいた）します。

吉田（よしだ）：面白（おもしろ）いものがたくさんありますね。あのう、これも新発売（しんはつばい）ですか。

王（おう）：はい、そうです。今年（ことし）の新商品（しんしょうひん）です。

吉田（よしだ）：このカタログをもらってもいいですか。

王（おう）：いいですよ。どうぞ。

王：歡迎光臨，這次承蒙您多方照顧，真的非常感謝您。

吉田：哪裡哪裡。

王：來，這邊請，我來為您解說。

吉田：有許多有趣的產品呢。這也是新上市的嗎？

王：是的，這是今年的新產品。

吉田：我可以拿這份目錄嗎？

王：可以啊！請便。

知（し）っておくと便利（べんり）です

日本特殊的企業文化制度

1. 終身雇用制（しゅうしんこようせい）

設立於二次大戰後，當時由於日本經濟快速成長，因勞工不足而訂下的制度。其特徵是員工自學校畢業後進入企業工作，企業不得以沒效率或不適任等原因將員工解雇（即使在不景氣時也不能暫時解雇員工）。而員工也不會因為薪資少等原因任意跳槽。因為企業強調的是命運共同體，因為如此，每一個上班族都有愛社的精神，以工作為人生的第一優先順位。在工業生產的時代，日本企業的團隊精神獲得極大的成功。

2. 年功序列制（ねんこうじょれつせい）

其基本精神是即使能力平庸，還是根據學歷、年資逐年加薪。而升遷是以年資為依據，按時升遷。退休之後有豐厚的退休金。

3. バブル経済（けいざい）（泡沫經濟）

自從1990年代泡沫經濟破滅之後，日本經濟可謂元氣大傷，其終身雇用制的人力配置上的無效率，亦是重大的原因之一。因此，現在日本企業都很重視每個人的能力與績效表現。而日本企業為了因應經濟的不景氣，而進行了不少的所謂「雇用改革」，但在長期雇用的人事政策上似乎還是相當堅持。

但是隨著國際化的競爭，目前又有從能力主義移向成果主義的趨勢，因此提出年俸制與目標管理制度。根據日本社會經濟生產性本部指出，大企業中有25.2%採用年俸制；另一方面，根據最近某大學經濟研究所的調查，有54%的企業引進目標管理制度。

CD2-34

Step 1 教師先說明會話用例。

Step 2 四位同學一組。一人飾發表會主事者劉總經理，一人扮演主事者的工作人員曾小姐，一人扮演受邀者金城社長，一人扮演服務生。

Step 3 分配好自己欲扮演的角色職位後做實際演練。

Step 4 演練完後，教師請一至二組同學上台表演。

劉　：（あいさつ）

皆様、こんにちは。今日はお忙しいところ、当社の新商品発表会に御出席下さいまして、誠にありがとうございました。

御存知のように、原料が高くなりました。でも、当社の新工場は今年から最新設備を導入し、今後近代的生産技術によって、ライバル社の価格より安い価格で提供できると信じております。

これまでは色々お世話になりましたが、今後も御指導、御指摘をお願い致します。

曾　：では、パーティを始めましょうか。乾杯!

皆　：乾杯!

金城　　：おめでとうございます。

曾　　　：ありがとうございます。

金城　　：お仕事はどうですか。

曾　　　：来月から上海へ赴任することになりました。

金城　　：ええ、本当ですか。じゃ、今度、上海で会いましょうか。（笑う…）

ウェーター：すみません。お皿をお下げしてもよろしいでしょうか。

金城、曾：はい、どうぞ。

翻訳（ほんやく）

❍ 說說看（以下句子用日文要怎麼說？）

1. 我的興趣是唱歌。

____

2. 鈴木先生忘了訂位。

____

3. 老闆康復了。

____

4. 菜菜子成名了。

____

5. 請問可以請教您一個問題嗎。

____

SYUKUDAI

宿題

❍ 寫寫看

敬啓者

敝公司將於下記日期舉行尾牙。希望閣下您能在百忙之中撥空參加。

時間：2006年1月25日晚上7:00

地點：新興餐廳

地址：台北市中山北路一段五號

說明

尾牙：忘年会（ぼうねんかい）

聞き取りの練習

CD2-35

❍ 聽完會話内容後，選擇正確的答案。

(　　) 1. (a. 佐藤さんの趣味　b. 客の趣味) はゴルフをすることです。

(　　) 2. 女の人は　(a. お金　b. 鍵) を持ってくるのを忘れました。

(　　) 3. 女の人はどうして病院へ行きましたか。

a. 女の人は病気になりましたから。

b. お見舞いに行きましたから。

(　　) 4. 田中さんはどうして綺麗になりましたか。

a. 来月結婚しますから。

b. 来月彼氏に会いに行きますから。

(　　) 5. 男の人は

a. 女の人と一緒に座ります。

b. 女の人と一緒に座りません。

ノート

單字索引

あ／ア

あいせきします	合席します	10
あいせきする	合席する	10
あおい	青い	5
あかい	赤い	5
あきらめます		4
あけます	開けます	10
あげもの	揚げ物	4
あける	開ける	10
あたらしい	新しい	5
あれ		1
あわせます	合わせます	9
あんぜんぐつ	安全靴	7
あんないします	案内します	2

い／イ

いい	良い	5
イカだんご	イカ団子	4
いきます	行きます	7
いそがしい	忙しい	6
いちらんばらい	一覧払い	8
いっしょに	一緒に	4
いみ	意味	8
いろ	色	5
Eメール	e-mail	5
インターネット	internet	10

う／ウ

うかがいます	伺います	10
うかがう	伺う	10
うた	歌	10
うたいます	歌います	10
うたう	歌う	10
うちあわせします	打ち合わせします	6
うつくしい	美しい	10
うったえます	訴えます	9
うります	売ります	9
うれます	売れます	8
うんちん	運賃	8

え／エ

えいが	映画	4
えいぎょうぶ	営業部	1
えび	蝦	4

お／オ

おいしい	美味しい	6
おきゃくさま	お客様	3
おさきに	お先に	3
おさら	お皿	10
おしぼり	お絞り	4
おすすめ	お勧め	4
おちゃ	お茶	4
オファー	offer	8
おもいます	思います	6
おもしろい	面白い	6
おんしゃ	御社	6

か／カ

カード	card	5
かいぎ	会議	2
かいけい	会計	1
がいこく	外国	7
かいさいします	開催します	10
かくにんします	確認します	3
かけます	掛けます	3
かず	数	8
かちょう	課長	1
がっぺいします	合併します	10

さ／サ

ざいこひん	在庫品	3
ざいこりょう	在庫量	9
さげます	下げます	9
さげる	下げる	10
さそいます	誘います	10
さそう	誘う	10
さんか	参加	10
さんシフトせい	三シフト制	7
サンプル	sample	1

し／シ

しあげ	仕上げ	6
しあわせ	幸せ	10
じかん	時間	3
じきづみ	直積	8
しけんてき	試験的	8
しごと	仕事	5
ししゃ	支社	7
じしん	自信	9
じっしゅうします	実習します	9
しつもん	質問	10
しつれいします	失礼します	3
じどうせいぎょ	自動制御	7
しはらいじょうけん	支払条件	8
しはらいます	支払います	6
しゃいんりょこう	社員旅行	2
しゅうり	修理	8
じゅうりょう	重量	9
しゅっか	出荷	8
しゅっぱつ	出発	3
しょうぎょうおくりじょう	商業送り状	9
じょうけん	条件	5
しょうこうしゅ	紹興酒	4
しょうたいじょう	招待状	10
しょうひん	商品	5
じょうぶ	丈夫	6
しょくじ	食事	4
しょむにか	庶務二課	2
しらせます	知らせます	2
しらべます	調べます	9
しりょう	資料	9
じんじぶ	人事部	1
しんしょうひんはっぴょうかい	新商品発表会	10
しんはつばい	新発売	10
しんぴん	新品	5

す／ス

すいます	吸います	3
すぐ		5
スタイル	style	5
すぶた	酢豚	4
すみます	住みます	9
すわります	座ります	2
すんぽう	寸法	9

せ／セ

せいさんライン	生産ライン	7
せいしき	正式	9
せいひん	製品	5
せきにんしゃ	責任者	3
せつび	設備	5
せつめいします	説明します	2
ぜひ	是非	10

そ／ソ

そうこ	倉庫	9
そうだん	相談	7
そくたつ	速達	5
それ		1

た／タ

ち／チ

つ／ツ

て／テ

と／ト

な／ナ

ないそう	内装	8
なおします	直します	3
なっとう	納豆	10
なります	成ります	10
なる	成る	10

に／ニ

にじるし	荷印	8
にちじ	日時	10
にほんご	日本語	6
にんき	人気	5

ね／ネ

ねだんこうしょう	値段交渉	8
ねむれます	眠れます	7

の／ノ

のうき	納期	8
のうりつ	能率	7
～のとおり	～の通り	10
のみます	飲みます	4
のります	乗ります	4

は／ハ

ばあい	場合	8
パーティ	party	6
はいざら	灰皿	4
はこ	箱	6
バス	bus	7
パッキング	packing	7
はっそうします	発送します	5
ハム	ham	4
はやく	早く	3
はんそくぶ	販促部	1

ひ／ヒ

ビール	beer	4
ビーフカレー	beef curry	4
ひきあい	引き合い	8
ひきわたし	引渡し	8
ひこうき	飛行機	7
ひま	暇	5
びょうき	病気	10
ひるやすみ	昼休み	2

ふ／フ

ぶちょう	部長	1
ふなづみ	船積み	9
ふね	船	3
ぶひん	部品	7
プライス	price	5
ふりょうひん	不良品	8
ふるい	古い	6

へ／ヘ

ヘルメット	helmet	7
へん	変	8
べんきょうします	勉強します	6
へんじします	返事します	2
へんとう	返答	6
へんとうします	返答します	3

よくいらっしゃいました		10	よろしくおねがいします	よろしくお願いします	1
よみます	読みます	3			

ら／ラ

らいしゅう	来週	2			

り／リ

リムジンバス	limousine bus	7	りょこうします	旅行します	10
りゅうがく	留学	7	りょこうする	旅行する	10
りょうしょう	了承	3			

れ／レ

レシート	receipt	4	れんきゅう	連休	2
レストラン	restaurant	9	れんらくします	連絡します	2
レポート	report	5			

ろ／ロ

ロビー	lobby	9			

わ／ワ

わかります	分かります	2	わたし	私	1
わすれます	忘れます	10	わりびき	割引	8
わすれる	忘れる	10	わるい	悪い	5

B

練習解答

第一課

一、翻訳

1. 初めまして、林と申します。どうぞよろしく（お願い致します）。
2. 楊さん、こちらは東京商事の鈴木部長です。
3. 山田さん、これはあなたのメッセージです。
4. あれは弊社のサンプルです。
5. それは工場の見積書です。

二、聞き取りの練習

1. A：鈴木　B：林と申します
2. A：うち
3. A：うちの　経理部、林　B：林
4. A：サンプル
5. A：メールアドレス

聞き取りのスクリプト

1. A：はじめまして。東京貿易の鈴木と申します。
   どうぞよろしくお願いします。
   B：ああ、どうも。こちらこそ。林と申します。どうぞよろしく。
2. A：鈴木さん、こちら、うちの王です。
   B：はじめまして、王と申します。よろしくお願いします。
3. A：田中社長、こちら、うちの経理部の林です。
   B：はじめまして。林と申します。
4. A：豊田さん、これは最新のサンプルです。
   B：ええ、面白いですね。

5. A：木村(きむら)さん、それは私(わたし)のメールアドレスです。

B：どうもありがとう。

第二課

一、翻訳(ほんやく)

1. 鬼塚課長(おにつかかちょう)をお願(ねが)い致(いた)します。
2. すみません、部長(ぶちょう)はただいま電話中(でんわちゅう)です。
3. はい、かしこまりました。おつなぎ致(いた)しますので、少々(しょうしょう)お待(ま)ち下(くだ)さい。
4. あ、陳社長(ちんしゃちょう)、お久(ひさ)しぶりですね。どうぞ、お座(すわ)り下(くだ)さい。
5. こちらはＪＰ商事(しょうじ)でございます。いつもお世話(せわ)になっております。
6. 会議(かいぎ)は三時(さんじ)までです。

二、聞(き)き取(と)りの練習(れんしゅう)

1. 会議(かいぎ)
2. 十一時(じゅういちじ)
3. 火曜日(かようび)、日曜日(にちようび)
4. B
5. A

聞(き)き取(と)りのスクリプト

1. A：あのう、経理課(けいりか)の鈴木(すずき)さんをお願(ねが)い致(いた)します。

B：すみません。鈴木(すずき)はただいま会議中(かいぎちゅう)です。

A：そうですか。じゃ、また電話(でんわ)を致(いた)します。

B：お願(ねが)い致(いた)します。

2. A：王さん、今日の会議は何時からですか。

   B：九時からです。

   A：じゃ、何時までですか。

   B：十一時までです。

   A：はい、わかりました。どうも。

   B：いいえ。

3. A：あのう、社員旅行はいつですか。

   B：連休は火曜日からですから、社員旅行は火曜日の翌日の水曜日からです。

   A：そうですか。じゃ、連休は何曜日までですか。

   B：日曜日までです。

   A：ええ、日曜日までですか。いいですね。

4. A：もしもし、田中課長はいらっしゃいますか。

   a. はい、いらっしゃいます。少々お待ち下さい。

   b. はい、おつなぎ致しますので、少々お待ち下さい。

   c. はい、どうもありがとう。

5. A：あのう、こちらは台湾貿易の王と申しますが、吉田社長をお願い致します。

   a.あ、王さん、こんにちは。いつもお世話になっております。

   b. 私は吉田さんです。

   c.初めまして、どうぞよろしく。

第三課

一、翻訳

1. 鬼塚課長に「お電話を下さい」とお伝え下さい。
2. すみません、よく聞こえません。（もう一度お願いします）
3. はい、かしこまりました。内線211と代わりますので、少々お待ち下さい。

4. 林経理はもうお帰りになりましたか。

5. こちらは三時ごろ、もう一度お電話を致します。

6. すみません、急用がありますので、お先に失礼します。

二、聞き取りの練習

1. C

2. B

3. A

4. B

5. B

聞き取りのスクリプト

1. 王社長は何時ごろお帰りになりますか。

2. こちらは三時ごろもう一度電話を致します。

3. 鈴木社長はいらっしゃいますか。

4. A：もしもし、聞こえますか。（雑音…）

   B：すみません。聞こえません。

5. あのう、よくわかりませんので、もう一度お願い致します。

第四課

一、翻訳

1. もう十二時ですね。一緒に食事しましょうか。

2. 今週の日曜日、一緒にゴルフをしませんか。

3. 木村さん、メーンティッシュは何になさいますか。

4. 失礼します。海老のチリソースをどうぞ。

5. すみません。お茶を下さい。

二、聞き取りの練習

1. b
2. b
3. b
4. c
5. c

聞き取りのスクリプト

1. 男：もう食事の時間ですね。あのレストランに入りましょうか。
   女：ええ、そうしましょう。
2. 男：ええと、何にしましょうか。
   女：そうですね。お勧めは。
   男：こちらの　酢豚は有名ですよ。
   女：じゃ、それにしましょう。
3. 会計：全部で五千二百円です。
   男：はい、六千円でお願いします。
   会計：六千円お預かりします。八百円のお返しです。
   どうもありがとうございました。
   男：ご馳走様。
4. 男：今度の土曜日、うちでパーティーをします。来ませんか。
   女：土曜日ですか。土曜日は友達と約束があるんです。
   男：そうですか。残念ですね。
5. 男：すみません。灰皿を下さい。
   女：はい、どうぞ。

男：あ、それから、おしぼりもください。

女：はい、少々お待ちくださいませ。

第五課

一、翻訳

✤ 説説看

1. これは特値です。
2. この条件は悪いです。（よくないです。）
3. あのう、すみません。今日と明日とどちらが暇ですか。
4. あのう、すみません、通関手続きはいつできますか。
5. こちらは速達でお送り致します。

✤ 寫寫看

拝啓　今日、お電話どうもありがとうございました。

さて、No.123のレポートは来週できますので、Eメールにて御連絡致します。

どうぞ宜しくお願い致します。　敬具

二、聞き取りの練習

1. Q：お元気ですか。

   A：お蔭様で、元気です。
2. Q：今日は暑いですか。

   A：はい、暑いです。／いいえ、暑くないです。
3. Q：台北は賑やかな町ですか。

   A：はい、賑やかな町です。
4. Q：コーヒーとお茶とどちらがいいですか。

   A：コーヒー（の方）がいいです。／お茶（の方）がいいです。

5. Q：あなたのメールアドレスをお願いします。

   A：はい、lin.aaa@msa.hinet.net です。

聞き取りのスクリプト

1. お元気ですか。
2. 今日は暑いですか。
3. 台北は賑やかな町ですか。
4. コーヒーとお茶とどちらがいいですか。
5. あなたのメールアドレスをお願いします。

第六課

一、翻訳

✤ 説説看

1. 去年の価格は悪かったです。（よくなかったです）
2. ここは 昔、賑やかではありませんでした。
3. 先月、お仕事は 忙 しかったですか。
4. この度、いろいろお世話になりました。
5. 佐藤さんと相談したいと思います。

✤ 寫寫看

拝啓　15日付けのメールをどうもありがとうございました。

　さて、こちらはメーカーのキャパがよくわかりませんので、来 週 、貴社を訪問したいと思いますが、御都合はどうでしょうか。ご返答を下さいますようお願い致します。

敬具

二、聞き取りの練習

1. お刺身、美味しかったです。
2. 初めて
3. 暑かった
4. 静か
5. 訪問します

聞き取りのスクリプト

1. 男：昨日初めてお刺身を食べました。
   女：どうでしたか。
   男：とても　美味しかったです。
2. 女：ようこそ、台湾へ。
   男：どうも。
   女：台湾は初めてですか。
   男：ええ。
3. 女：先週シンガポールを旅行しました。
   男：ええ、どうでしたか。
   女：暑かったです。
4. 男：この近くは静かですね。
   女：ええ、でも、昔は賑やかでしたよ。
   男：そうですか。
5. 女：はい、山田商事でございます。おはようございます。
   男：もしもし、こちらは台湾貿易の陳と申しますが、吉田部長はいらっしゃいますか。
   女：部長はただいま会議中です。
   男：あのう、明日十時に御社を訪問したいと思いますが…

女：明日の十時ですね。はい、かしこまりました。部長にお伝えいたします。

男：よろしくお願いします。

第七課

一、翻訳

1. 鈴木さんは先月国へ帰りました。
2. 私はEG123で来ました。
3. 十時にお客様の店へ相談に行きます。
4. うちの工場は生産効率がとても高いです。
5. まず、サンプル室を案内しましょう。

二、聞き取りの練習

1. 車、高雄の支社
2. 飛行機、CI100
3. タクシー、相談
4. 安全第一
5. 撮影禁止、サンプル室

聞き取りのスクリプト

1. 男：先の工場はよかったですね。

   女：そうですね。あのう、これから、どこへ行きましょうか。

   男：高雄の支社へ行きましょう。

   女：支社までどのぐらい掛かりますか。

   男：車で三十分ぐらいです。

2. 女：もしもし、鈴木部長はいらっしゃいますか。

男：鈴木は昼の飛行機で帰りますが…。

女：え、何便ですか。

男：ええと、CI100便です。

3. 女：先週得意先の店へ行きましたって。

男：ええ、サンプルの相談に行きました。

女：店は遠かったですか。

男：いいえ、タクシーで25分ぐらいです。

4. 男：工場見学はどうでしたか。

女：厳しかったですよ。

男：ええ、本当ですか。

女：本当です。安全第一ですからね。

5. 女：あの、ここで写真を撮りたいんですが、よろしいですか。

男：すみません。工場の中では撮影禁止です。

女：そうですか。残念ですね。

男：でも、あそこのサンプル室では、かまいませんが…

第八課

一、翻訳

✤ 説説看

1. これは特値ですから、これ以上割引できません。
2. 色が綺麗なら、人気がありますよ。
3. 「？」ってどういう意味ですか。
4. 御存知のように、市場は競争がとても激しいです。
5. 弊社は優遇条件を提供致します。

✤ 寫寫看

拝啓　昨日はどうもありがとうございました。

　さて、この商品は市場では、競争が激しいので、すぐ多量の注文ができません。

しかし、次の試験的な注文を御提供下さい。

A型　3 pcs　単価　100ドル　計　300　ドル

B型　2 pcs　単価　100ドル　計　300　ドル

引渡し：2005年3月末まで

支払条件：取消不能信用状に基づく一覧払いの為替手形

以上、どうぞよろしくお願い致します。

敬具

二、聞き取りの練習

1. 原料
2. 10
3. 価格調整前
4. 得意先
5. 競争

聞き取りのスクリプト

王　：田中課長、こんにちは。お茶をどうぞ。

田中：あ、どうも。

王　：あのう、これは最新の価格表です。どうぞ。

田中：えっ、又上がったの。

王　：あのう、原料が上りましたので、ご了承下さい。

田中：そうですか。でも、ご存知のようにこの商品は競争が激しいですよ。

王　：はい、はい、こちらはよくわかります。こちらも優遇条件を提供致します。

田中：優遇条件ってどういう意味ですか。

王　：五万ドル以上の場合、10%の値引きができます。

王　：価格調整前より5%も安いですよ。

田中：そうですか。わかりました。じゃ、こちらは得意先と相談してから、返答致します。

王　：よろしくお願い致します。

第九課

一、翻訳

✤ 説説看

1. この商品はアメリカでよく売れています。
2. あのう、すみません。いまロビーで待っていらっしゃいますか。
3. 午後、お客様のところへ契約をつけに行きます。
4. 弊社は現在、タイから原料を輸入しております。
5. 野田さんは今食事をしています。

✤ 寫寫看

拝啓　貴注文500個のライターの件に関しまして、当社は船積みしましたことをお知らせ致します。

荷印：TW

NAGOYA

C/#1-5

各ケースの重量：10kg

各ケースの寸法：1.8m×0.8m×1.8m

当社は台北の華南商業銀行を通じて、商業送り状、保険証明書及び無故障海上船荷証券をお送り致します。

以上、どうぞ宜敷お願い致します。

敬具

二、聞き取りの練習

1. 工場、打ち合わせ
2. 営業二課の　王課長
3. 話し
4. 代理権
5. はずし

聞き取りのスクリプト

1. 男：今日のスケジュールはどう成っていますか。

   女：まず、工場へ行って、現場のエンジニアと打ち合わせて、それからICBの人と食事をします。

2. 女：お客様はもうお見えになりました。

   男：じゃ、営業一課の楊主任を呼んで。

   女：楊主任は今、会議をしていますが…

   男：じゃ、営業二課の王課長を呼んで。

   女：はい、かしこまりました。

3. 男：鬼塚さんは今どこですか。

   女：鬼塚？さっきいましたが…。ああ、あそこで鈴木さんと話しています。

   男：どうも。

4. 男：もう、代理権をもらいましたか。

女：ええ、林課長が先週日本へ行って、代理の契約をもらいました。来年から台湾地区での販売ができますって。

男：そうですか。よかったですね。

5. 男：すみません。ちょっと急用がありますので、山本社長は今お忙しいでしょうか。

女：社長はただ今、席を外しておりますが…。

男：どちらにいらっしゃいますか。

女：もうすぐ戻ってくると思いますが、こちらで暫くお待ちくださいませ。

男：はい、失礼致します。

第十課

一、翻訳

說說看

1. 私の趣味は歌を歌うことです。
2. 鈴木さんは席を予約するのを忘れました。
3. 社長は元気になりました。
4. 菜菜子は有名になりました。
5. すみません、ちょっと聞いてもいいでしょうか。

✤ 寫寫看

拝啓　当社は今年の忘年会を下記のとおり、行うことになりましたので、御案内申し上げます。

御多忙中大変恐縮ですが、ぜひ御参加下さいますようお願い致します。

敬具

記

日時　：2006年1月25日　午後　七時

場所　：レストラン新興

住所　：台北市中山北路一段五号

以上

二、聞き取りの練習

1. B
2. A
3. B
4. A
5. B

聞き取りのスクリプト

1. 女：佐藤さん、休みの日にいつも何をしますか。
   男：接待で、忙しいですよ。
   女：ええ、休みの日でも？
   男：うちの得意先はね。ゴルフが好きですよ。
   女：大変ね。
2. 女：あ、財布を持ってくるのを忘れました。
   男：大丈夫ですよ。私が払いますから。

女（おんな）：すみません。

3. 女（おんな）：昨日（きのう）、病院（びょういん）に行（い）きました。

男（おとこ）：え、どうしたんですか。

女（おんな）：いいえ、友達（ともだち）が病気（びょうき）になりましたから。

4. 男（おとこ）：庶務二課（しょむにか）の田中（たなか）さんは最近（さいきん）綺麗（きれい）になりましたね。

女（おんな）：来月（らいげつ）、花嫁（はなよめ）になりますから。

男（おとこ）：そうですか。新郎（しんろう）が羨（うらや）ましいなあ。

5. 男（おとこ）：すみません。合席（あいせき）してもよろしいでしょうか。

女（おんな）：あのう、後（あと）で、友達（ともだち）が来（き）ますから。

男（おとこ）：そうですか。すみません。

日本各大港

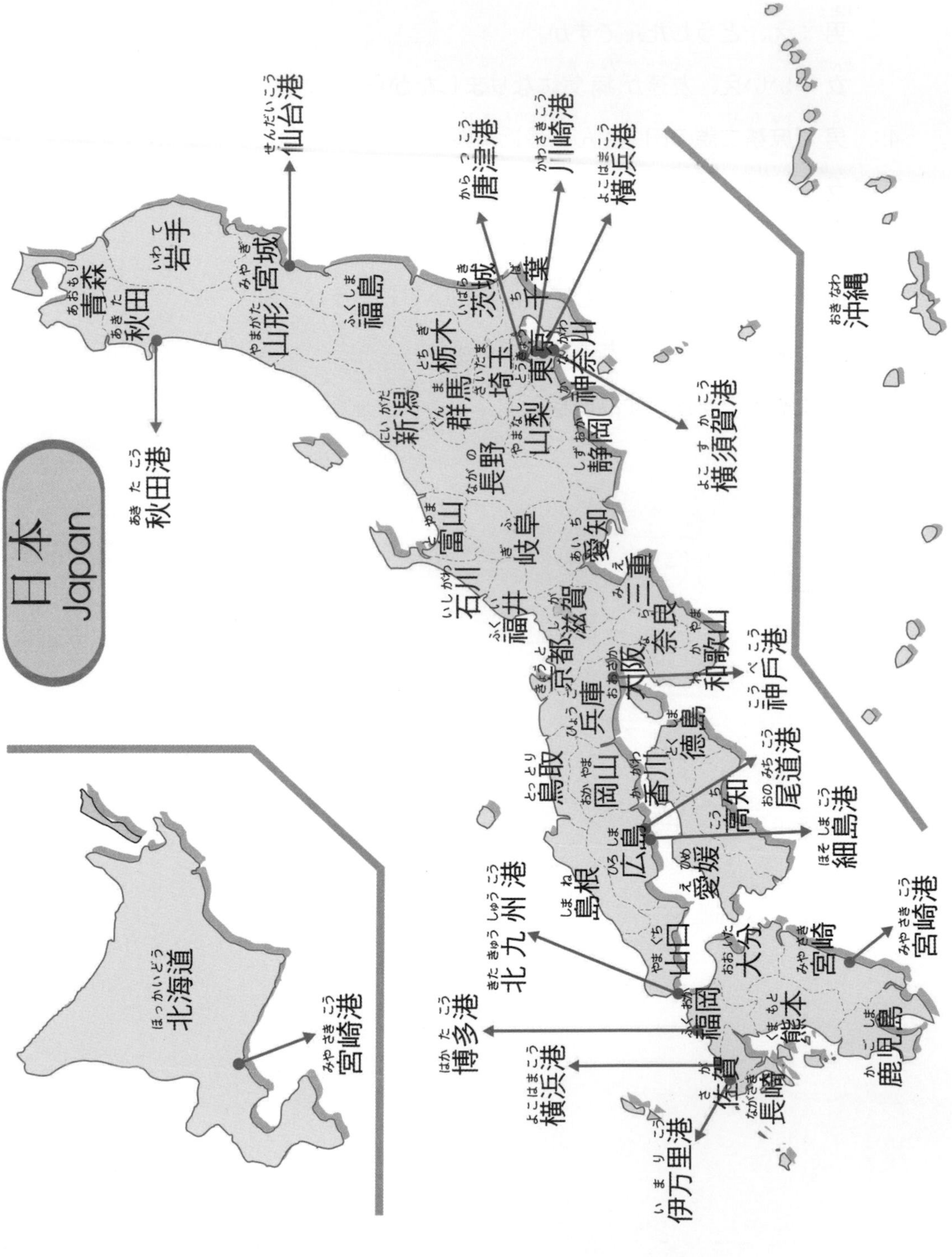

日本 Japan
北海道
宮崎港
秋田港
仙台港
青森
秋田
岩手
宮城
山形
福島
新潟
栃木
群馬
茨城
埼玉
東京
千葉
神奈川
山梨
長野
静岡
富山
岐阜
愛知
石川
福井
滋賀
三重
京都
奈良
大阪
和歌山
兵庫
鳥取
岡山
徳島
香川
高知
島根
広島
愛媛
山口
福岡
大分
宮崎
熊本
佐賀
長崎
鹿児島
沖縄
唐津港
川崎港
横浜港
横須賀港
神戸港
尾道港
細島港
宮崎港
北九州港
博多港
横浜港
伊万里港

ノート

國家圖書館出版品預行編目資料

一番商務日文. 初進篇 / 林麗娟 編著. - -
第三版. - -新北市：全華圖書, 2000.05
面 ； 公分
含索引
ISBN 978-957-21-7611-5 (平裝)
1.日語 2.商業 3.讀本

803.18 99006562

一番商務日文（初進篇）

作者 / 林麗娟 編著
高橋正己 審閱
執行編輯 / 王麗雅
發行人 / 陳本源
出版者 / 全華圖書股份有限公司
郵政帳號 / 0100836-1 號
印刷者 / 宏懋打字印刷股份有限公司
圖書編號 / 09043027-201809
定價 / 新台幣 280 元
ISBN / 978-957-21-7611-5
全華圖書 / www.chwa.com.tw
全華網路書店 Open Tech / www.opentech.com.tw
若您對書籍內容、排版印刷有任何問題，歡迎來信指導 book@chwa.com.tw

臺北總公司(北區營業處)
地址：23671 新北市土城區忠義路 21 號
電話：(02) 2262-5666
傳真：(02) 6637-3695、6637-3696

南區營業處
地址：80769 高雄市三民區應安街 12 號
電話：(07) 381-1377
傳真：(07) 862-5562

中區營業處
地址：40256 臺中市南區樹義一巷 26 號
電話：(04) 2261-8485
傳真：(04) 3600-9806

✂（請由此線剪下）

歡迎加入 全華會員

● 會員獨享

會員享購書折扣、紅利積點、生日禮金、不定期優惠活動…等。

● 如何加入會員

填妥讀者回函卡直接傳真（02）2262-0900 或寄回，將由專人協助登入會員資料，待收到 E-MAIL 通知後即可成為會員。

如何購買 全華書籍

1. 網路購書

全華網路書店「http://www.opentech.com.tw」，加入會員購書更便利，並享有紅利積點回饋等各式優惠。

2. 全華門市、全省書局

歡迎至全華門市（新北市土城區忠義路 21 號）或全省各大書局、連鎖書店選購。

3. 來電訂購

(1) 訂購專線：(02) 2262-5666 轉 321-324
(2) 傳真專線：(02) 6637-3696
(3) 郵局劃撥（帳號：0100836-1　戶名：全華圖書股份有限公司）
※　購書未滿一千元者，酌收運費 70 元。

全華網路書店 www.opentech.com.tw
E-mail: service@chwa.com.tw

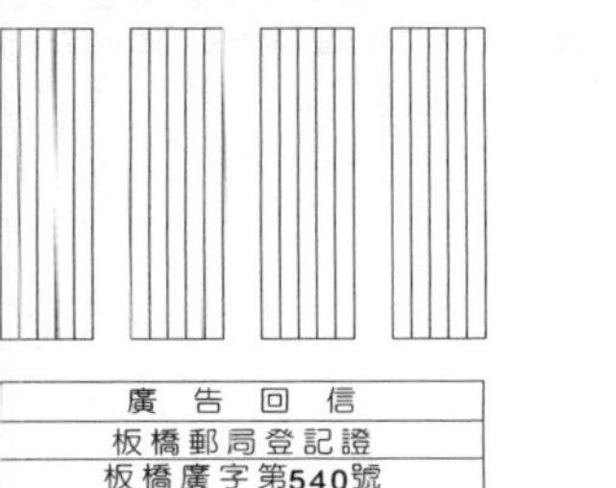

廣　告　回　信
板橋郵局登記證
板橋廣字第540號

行銷企劃部　收

全華圖書股份有限公司
23671 新北市土城區忠義路 21 號

（請由此線剪下）

讀者回函卡

填寫日期：　/　/

姓名：＿＿＿＿＿＿＿ 生日：西元＿＿＿年＿＿＿月＿＿＿日 性別：□男 □女

電話：（　）＿＿＿＿＿ 傳真：（　）＿＿＿＿＿ 手機：＿＿＿＿＿

e-mail：（必填）＿＿＿＿＿＿＿＿＿＿＿＿

註：數字零，請用 Φ 表示，數字 1 與英文 L 請另註明並書寫端正，謝謝。

通訊處：□□□□□＿＿＿＿＿＿＿＿＿＿

學歷：□博士 □碩士 □大學 □專科 □高中・職

職業：□工程師 □教師 □學生 □軍・公 □其他

學校 / 公司：＿＿＿＿＿＿＿ 科系 / 部門：＿＿＿＿＿＿＿

・需求書類：

□ A. 電子 □ B. 電機 □ C. 計算機工程 □ D. 資訊 □ E. 機械 □ F. 汽車 □ I. 工管 □ J. 土木

□ K. 化工 □ L. 設計 □ M. 商管 □ N. 日文 □ O. 美容 □ P. 休閒 □ Q. 餐飲 □ B. 其他

・本次購買圖書為：＿＿＿＿＿＿＿ 書號：＿＿＿＿＿

・您對本書的評價：

封面設計：□非常滿意 □滿意 □尚可 □需改善，請說明＿＿＿＿＿

內容表達：□非常滿意 □滿意 □尚可 □需改善，請說明＿＿＿＿＿

版面編排：□非常滿意 □滿意 □尚可 □需改善，請說明＿＿＿＿＿

印刷品質：□非常滿意 □滿意 □尚可 □需改善，請說明＿＿＿＿＿

書籍定價：□非常滿意 □滿意 □尚可 □需改善，請說明＿＿＿＿＿

整體評價：請說明＿＿＿＿＿＿＿＿＿＿

・您在何處購買本書？

□書局 □網路書店 □書展 □團購 □其他＿＿＿＿＿

・您購買本書的原因？（可複選）

□個人需要 □幫公司採購 □親友推薦 □老師指定之課本 □其他＿＿＿＿＿

・您希望全華以何種方式提供出版訊息及特惠活動？

□電子報 □ DM □廣告（媒體名稱＿＿＿＿＿＿＿）

・您是否上過全華網路書店？（www.opentech.com.tw）

□是 □否 您的建議＿＿＿＿＿＿＿＿

・您希望全華出版那方面書籍？＿＿＿＿＿＿＿＿

・您希望全華加強那些服務？＿＿＿＿＿＿＿＿

～感謝您提供寶貴意見，全華將秉持服務的熱忱，出版更多好書，以饗讀者。

全華網路書店 http://www.opentech.com.tw　　客服信箱 service@chwa.com.tw

2011.03 修訂

親愛的讀者：

感謝您對全華圖書的支持與愛護，雖然我們很慎重的處理每一本書，但恐仍有疏漏之處，若您發現本書有任何錯誤，請填寫於勘誤表內寄回，我們將於再版時修正，您的批評與指教是我們進步的原動力，謝謝！

全華圖書　敬上

勘　誤　表

書　號		書　名		作　者	
頁　數	行　數	錯誤或不當之詞句		建議修改之詞句	

我有話要說：（其它之批評與建議，如封面、編排、內容、印刷品質等・・・）